Geist
Wandler

Das Abenteuer der GeistWandler

ist unser aller Abenteuer.

Wer hat noch den Mut zum Abenteuer?

Günter Skwara

GeistWandler

Spielgeister im Universum

Eine Erzählung mit Betrachtungen

*Bibliografische Information der Deutschen National-
bibliothek:*
*Die Deutsche Nationalbibliothek verzeichnet diese
Publikation in der Deutschen Nationalbibliografie;
detaillierte bibliografische Daten sind im Internet
über http://dnb.dnb.de abrufbar.*

Bilder: **Günter Skwara**

Herstellung und Verlag:

BoD – Books on Demand, Norderstedt

ISBN: 978-3-7481-3364-3

Inhalt

Vom Anbeginn der Entstehung dieses derzeitigen Universum, einem von mehreren Versuchen, erzählen diese Geschichten.

Die GeistWandler, als die nachgeordneten Aspekte der Konstrukteure, ursprünglicher Geistwesen, mühten sich, dem Anspruch ihrer Schöpfer gerecht zu werden. Vom abermals geistigen Einstieg bis hin zum vielleicht erneuten „Niedergang" des Geistigen im Fleische oder in anderen Arten von Körpern.

Dabei ist aus unserer, der Atalanter, Betrachtung, Sicht und Wahrnehmung, das Ganze ein erdachtes, mehr oder weniger durchdachtes Spiel.

Ich versuche den Ablauf des Geschehens aus meiner Sichtweise und derer der Druiden des TAO aufzurollen. So greife ich etwa den Spielgedanken auf und hebe ihn klarer hervor, auch mit seinem Ablauf im Geschehen.

Die Erzählungen in Etappen:

"Als Mensch bin ich kontrolliert, mit Maske bin ich frei."

Oleg Popov (*1930), Clown

5

Einführung

Ich darf mich Euch kurz vorstellen: Mein Name ist Gunar. Meine Funktion ist die eines Druidorix der Druiden des TAO, ein den Druiden Vorstehender.

Als Druidorix habe ich allerdings keine übergeordnete Position, sondern lediglich eine führend voranschreitende.

Hierarchien kennen wir nämlich nicht! Uns Druidorix obliegt es einfach, das alte Wissen zu bewahren und zu gegebener Zeit weiter zu geben.

Ich berichte hier aus dem Blickwinkel eines Atalanters. Zur atalantischen Zeit waren wir noch oder wieder im Besitz der Befähigung zu Spiritueller Rückführung.

Wir konnten uns gegenseitig in die persönliche sowie in eine uns alle angehende Vergangenheit führen, hineinschauen lassen. Dort waren wir in der Lage aufzuräumen, um mehr Kraft für das Hier und Jetzt zu gewinnen.

Wenn ich allerdings von Atalantern spreche, so meine ich nicht die Bewohner des untergegangenen Atlantis von Planet Erde.

Ich meine unsere wesentlich ältere, nicht irdische Zivilisation. Wir waren gewissermaßen die Alt-Atlanter, die in den Tiefen dieser so genannten Milchstrasse existierten. Mit Wehmut denke ich daran zurück.

Wir fassten irgendwann einmal den Beschluss aufzubrechen, um den Weg in eine friedlichere Galaxis zu finden.

Auf der Erde, dem Sprungbrett nach draußen, ließen wir uns ungeplant nieder, weil sich der Planet so überaus heimelig anfühlte.

Eine fatale Entscheidung! Damit besiegelten wir unser Ende (ein hoffentlich bald vorübergehendes).

Nun denn, zumindest kann ich Euch hier und heute berichten was in unserem Universum geschah und was noch immer vor sich geht.

Bei nächster Gelegenheit werde ich Euch auch darüber informieren, was es mit den Druiden des TAO auf sich hat.

Also schauen wir jetzt erst einmal wieder zurück, zu den Anfängen, noch bevor die Zeit eine Rolle spielte.

Diese wundersamen, bis von vor dem Anbeginn der Zeiten spielenden Darstellungen erzähle ich aus meinen Erfahrungen aus vielen, vielen Spirituellen Rückführungen.

Nehmt alle meine Darstellungen einfach als Erzählungen und spinnt darum Eure eigenen Wahrnehmungen, Erinnerungen und Gedanken.

Als Druide des TAO habe ich von freien Geistern die Fähigkeit zur Anwendung Spiritueller Rückführungen übertragen bekommen, um in der Vergangenheit von TAO-Wesen aufzuräumen.

Spirituelle Rückführungen sind eine als religiös zu bezeichnende Maßnahme zur Transformation beziehungsweise zur Befreiung des Geistigen.

Mit Spirituellen Rückführungen konnte ich weit, sehr weit sowohl in die eigene Vergangenheit als auch in die von weitgehend menschlichen Wesenheiten hineinschauen.

Mit Spirituellen Rückführungen werden unter anderem Besetzungen beseitigt und es werden karmische Verflechtungen gelöst.

Damit katapultieren sich Wesen selbst, mit Unterstützung eines Spirituellen Rückführers, aus so manchen Problemstellungen des Lebens, aus geistigen und körperlichen sowie aus sozialen.

Auch, wenn in diesem Zusammenhang beispielsweise Krankheitserscheinungen energetisch entlastet werden können, so wird diese Art und Weise der Heilung nicht vorrangig angestrebt.

Eine entsprechende Erleichterung ist lediglich ein Zwischenschritt auf dem Weg zur Transformierung, zur Heilung, einer geistigen Befreiung und der seelischen Freisetzung.

Dennoch ist jeglicher Nutzen für die gegenwärtige Situation in jedem Falle überaus hilfreich.

Wir TAO-Druiden sind nicht vergleichbar mit den meisten Druiden wie sie in unseren Tagen den Planeten Erde bevölkern.

Wir hatten unsere Heimatwelten im Sonnensystem Atalant, einem Doppelstern-System innerhalb dieser Galaxis, der Milchstraße.

Das Volk der Atalanter umfasste natürlich nicht nur Druiden. Im weitesten Sinne schwangen jedoch alle Bewohner im System eines ähnlich gearteten Feldes, das man heute als morphisches Feld bezeichnen könnte.

Dadurch erlangten wir ein wunderschön harmonisches Zusammenleben.

Unsere atalantische, menschliche Art befand sich selbstverständlich über dieses Sonnensystem hinaus und noch sehr viel weiter zurück.

Wir fühlten uns, zumindest per Körper, all den menschlichen Wesen zugehörig. Damit entsprachen wir der vor Ewigkeiten dafür erdachten Matrix.

Unsere Lebensweise, andere würden „Religion" oder „Glaubensrichtung" dazu sagen, war damals und ist heute TAO.

TAO steht dabei sowohl für das Göttliche Sein, den Göttlich zu nennenden Ursprung, als auch für unser Selbst, einem „Über-Ich", als Inbegriff des Göttlichen sowie des Geistigen.

Als Druiden des TAO standen und stehen wir im engen Kontakt mit Geistigen Wesenheiten die noch frei agieren können, das heißt nicht notwendigerweise körpergebunden sind.

Die aus der Verbindung mit den freien Geistwesen resultierende Sichtweise vom „Großen Spiel", des geistigen Kosmos, des physikalischen Universum sowie des Lebens, lässt uns ein etwas offeneres Denken einnehmen, als das bei anderen Mitwesen möglich ist, die intensiver im Körperlichen gefangen sind.

Allein schon zu wissen, dass das Leben einfach ein Spiel darstellt, im gigantischen Rund des Spielfeldes Universum, hebt uns zeitweilig aus dem mittlerweile absichtlich erzeugten Dasein von abhängigen Sklaven heraus.

Dadurch gewinnen Menschen und Menschenähnliche einen weisen Humor, der sie über die Unterdrückungen im gesellschaftlichen Umfeld hinaushebt.

Die Einflüsse von Diktatoren und Möchtegern-Machthabern sowie bürokratische Schindereien tropfen einfach ab. Sie geben sich selbst der Lächerlichkeit preis. Im Lachen von Spielgeistern ersticken die Ärgernisse der Unterdrücker.

Der Start der Wandler

Das geheimnisvolle Flüstern im Schwarm schwillt an. Die wartenden Wesenheiten erzeugen geistig-magische Schwingungsmuster. Sie verstehen sich untereinander. So bestätigen sie sich gegenseitig ihr Vorhandensein.

Unzählige Myriaden (= 10.000) von Wesenheiten erwarten das ihnen zugedachte Signal zum Aufbruch. Was wird dann geschehen?

Kristallines Funkeln erfüllt das diffuse, milchige Grau. Das Feld beginnt lichtvoll, strahlend hell zu werden. Es öffnet sich der Raum, um die Geistwesen herum. Niemand hatte je die Enge wahrgenommen. Und doch, geradezu explosionsartig geschieht: Befreiung!

Der „Big Bang", für unser derzeitiges Universum, ist der Startschuss zur Ausbreitung.

Ich vergleiche das so: Bereits im Samen einer Pflanze oder eines Tieres ist dessen Entwicklung angelegt. Der Samen trägt in sich den fertigen Baum, nicht nur seinen Ursprung sondern seine gesamten Informationen zum Wachstum.

Ähnlich verhält es sich mit der universalen Struktur. Noch bevor der Startschuss fällt, „weiß" das Universum seinen Weg, hin zur Reifung.

Hier versuche ich zu verdeutlichen, wer oder was diesen innersten Kern angelegt hatte. Es war das Göttliche TAO, das seine Konstrukteure „ins Rennen" schickte. Diese Geistigen TAO-Wesen brachten das „Große Spiel" zum „Erblühen".

Die Konstrukteure, 13 an der Zahl, um genau zu sein zwölf plus eins, beschließen: "Es ist so weit!" Ihre Vorarbeit ist weitgehend getan.

In völliger Übereinkunft lassen sie los. Das „Große Spiel" kann beginnen. Die Wandler erfüllen von nun an ihre Bestimmung.

Von TAO ausgehend, dem Göttlichen Ursprung, treten die zwölf Konstrukteure an, ein neues Universum als Spielfeld zu erschaffen, erst ein geistig kosmisches sowie dann ein physikalisch universales.

Ein 13ter gesellt sich zu ihnen. Allerdings hält er sich im Hintergrund und beobachtet still.

Wenn ich hier von "er" spreche, so ist dies selbstverständlich falsch! Denn in jenem Geschehen gibt es weder ein "er" noch "sie" oder "es".
Auch sind die Wesenheiten nicht so klar definiert auseinanderzuhalten, wie wir es aus heutiger Sicht gerne darstellen wollen.

Doch, was soll ich tun? In diesem Zusammenhang beschreibe ich schließlich Geschehnisse, bei denen es noch nicht einmal der Worte bedarf, um untereinander in Kontakt zu treten.

Mit Telepathie würden wir jene Verbindung bezeichnen, die alle Geistigen TAO-Wesen damals (schon wieder falsch!) verband.
In dem zeitlosen Zustand geistiger "Welten" muß Zeit erst noch geschaffen oder eingerichtet werden.

Deshalb betrachtet meine nächsten Beschreibungen einfach als fiktive Darstellung eines unzulänglichen Wesens aus unserer Gegenwart.

Diese Zwölf der ersten Stunde (wie gesagt: fiktiv!) wissen keineswegs genau, was ihre Aufgabe ist. Sie dürfen oder müssen einfach nur kreativ sein. Sie können die sich bietenden Möglichkeiten gebührend ausloten.

Was vermögen sie mit der ursprünglichen, allgegenwärtigen Energie alles anzustellen?

Es ist, als würden sie, wie Neugeborene, erst lernen müssen, wie weit ihre Fähigkeiten denn nun reichen.

Vom übermächtigen Allwissen des Göttlichen TAO haben sie sich kurzerhand selbst abgetrennt. Der Spielfaktor „Vergessen" bereichert ihr Spielgeschehen im Universum.

Ab jetzt tasten sich die Zwölf etwas unsicher durchs Dasein im unendlichen "Nichts". Und dennoch, sie sind weder allein noch sind sie völlig planlos.

Das Göttliche lenkt auch weiterhin unmerklich ihre imaginative Kraft zur Vorstellung sowie ihr Denken und Handeln.

Dieses Gefühl einer Göttlichen Fügung, Unterstützung oder Steuerung hat sich offenbar bis in die Gegenwart erhalten.

"Lass Dich ruhig fallen und dahingleiten. Dein Gott wird Deine Schritte lenken. Er wird Dich auffangen, wenn es im Leben einmal schwierig wird."

Dies ist ein Motto der meisten Religionen, im weiten Rund des Universum, so auch auf Planet Erde.

Damals bringt das Göttliche TAO die Konstrukteure sowie deren GeistWandler dazu erst ein wenig und dann immer mehr "Raum" zu erschaffen, um darin energetische Spiele zu spielen.

Der Begriff "Experiment" wäre zu hoch angesetzt, denn dafür hätte es gewisser Absichten bedurft, die noch nicht gehegt werden.

Also spielen die Geistigen Wesenheiten einfach herum, jeder für sich und alle miteinander.

Es entstehen Seltsamkeiten für die wir heute keine passende Bezeichnung mehr haben.

Aber es entstehen auch mehrdimensional wahrnehmbare Konstrukte. Von Punkten, Linien, unregelmässigen Flächen bis zu den ersten sogar dreidimensionalen Flüchtigkeiten ist alles da (wo auch immer!). Größen spielen absolut keine Rolle.

Ich hege die Vermutung, es spielte sich alles im Mini-Mikro-Nano-Bereich ab.

Dort finden Wissenschaftler auch heute noch Phänomene, die mit unserem relativen Makrobereich nicht so ohne weiteres übereinstimmen.

Die Konstrukteure spielen als Spielgeister was das Zeug hält. Zeit spielt schließlich absolut keine Rolle. Die Dinge entstehen, werden verworfen, erneut kreiert und Stück für Stück in Übereinstimmung zueinander gebracht. Das gemeinsam erspielte Werk nimmt irgendwelche Formen an.

Damit ihre Kreationen nicht im allgemeinen „Kreativwahn" verloren gehen, schaffen die Zwölf eine energetische Speichereinheit, einen geradezu universal zu nennenden Verstand.

Heute würden wir vermutlich von einer Akasha-Chronik oder vom morphischen Feld sprechen.

Jede klitzekleine Kleinigkeit, jede Veränderung, ob Erfolg oder Misserfolg, ist darin aufgezeichnet.

Fähigkeiten zu ihrem eigenständigen Denken sowie zur Steuerung, zur Analyse und zur Kontrolle von Werden und Vergehen, werden erst viel, viel später beigefügt.

Allmählich entsteht der erste Prototyp eines Universum, mit dem Charakter eines umfassenden Spielfeldes für Geistige Wesenheiten. Denn, dass das Geschaffene dem Spielcharakter entsprechen soll, kristallisierte sich immer mehr heraus.

Die Konstruktion wird immerhin von Geistigen Wesen erschaffen und aufgebaut, die man weitgehend als "Spielgeister" bezeichnen kann.

Denn, wie schon erwähnt, liegt ihnen das Spielen ganz besonders, aus dem eigenen Verständnis heraus, "junge, frische Geistwesen" zu sein.

Die zwölf Konstrukteure erhalten auch Verstärkung. Das Göttliche TAO entsendet weitere Geistwesen zur Unterstützung.

Etliche dieser Geister fühlen sich allerdings irgendwie zwangsverpflichtet. Dem Ursprung entrissen, einem fortwährend ruhigen und friedvollen Miteinander, erfüllt sie ihr Sein im Universum mit Gram und Trauer. Sie fühlen sich tatsächlich verstoßen, aus der großen Gemeinschaft des Göttlichen Ursprungs.

Bis zum heutigen Tage können viele davon noch nicht so recht loslassen. Sie sträuben sich auch heute und gehen nur widerwillig an ihre Arbeit.

Ihr Erscheinen ist von Protest erfüllt und erhält dadurch das Attribut der "Gefallenen Engel".

Aus ihnen erwächst eine Ablehnung des Göttlichen. Deshalb werden etliche ihrer Aspekte zu den Gegenspielern im Spielgeschehen zwischen "Gut" und "Böse". Wobei Gut oder Böse häufig auch austauschbar ist, schon immer war.

„Gefallene Engel" bereichern das Spielgeschehen im Universum außerordentlich.

Ich meine mittlerweile: Das Göttliche TAO „weiß" genau, was er/sie/es anrichtet.

Um speziell den "Gefallenen Engeln" zu helfen, schalten sich die "Retter" ein. Diese Wesenheiten versuchen ihre "Brüder" und "Schwestern" aus der Schwärze des Universum zu befreien. Doch sie scheitern kläglich!

Je intensiver sie sich bemühen, desto weiter werden sie selbst hinein gezogen. Heftige Anziehungskräfte, wir würden von Magnetismus und von Gravitation reden, ziehen die "Retter" in ihren Bann.

Die Dunkelheit des Universum wirkt wie schwarzes Pech oder wie Teer. Klebrig und verschlingend holt sich das Universum die Retter. Letztlich werden auch sie Mitwirkende im universalen Spielverlauf.

Diesen Rettern obliegt im Laufe der Äonen immer wieder die gleiche Rolle. Sie werden zu Schamanen, Medizinmännern, Ärzten, Feuerwehrleuten, Sanitätern, Rittern, Sheriffs und ähnlichem. Das Bedürfnis helfen zu wollen "steckt ihnen im Blut" oder vielmehr, es ist ein Bestandteil ihrer Wesensart.

Mir offenbaren sich all diese Zusammenhänge im Verlaufe vieler Spiritueller Rückführungen. Dabei konnte ich mein eigenes Erleben ebenso wahrnehmen, wie das meiner Mitwesen.

Ich erahnte erst und erkannte später bewusst, das mit der Zeit immer enger werdende Netzwerk, in dem wir uns karmisch verstrickten.

Und ich lernte mich selbst und meine Aufgabe im "Großen Spiel" von Mal zu Mal besser kennen.

Die zwölf Konstrukteure hatten also die Geist-Wandler losgelassen. Diese Wesenheiten waren vielfältige Aspekte ihrer "Herren". Deren Fähigkeiten standen den ursprünglichen TAO-Wesen, denen der Konstrukteure, der Gefallenen Engel oder der Retter, in keiner Weise nach.

Lediglich ihr individualisiert geprägter Aspekt verlieh jedem dieser Geistwesen eine Art Einzigartigkeit.

Heute würden wir die Wandler mit selbstständigen Spielfiguren auf einem Schachfeld vergleichen. Ihre Wesenszüge verliehen den Einzelnen bestimmte Fähigkeiten und prägten somit ihr Rollenverhalten. So gab es, wie wir sie bezeichnen würden: Könige, Helden, Sänger, Räuber, Lehrer, Unholde, Joker und vieles, vieles mehr.

Auch die Gefallenen Engel und die Retter gliederten sich dem Spielgeschehen an.

Sie schufen entweder selbst weitere Aspekte ihrer eigenen Wesenszüge oder spielten, entsprechend ihrer Wesensart, einfach mit.

Die Attribute männlich oder weiblich wurden anfangs noch nicht vergeben. Erst der dreizehnte Konstrukteur hatte, im Zuge der Schaffung von Leben, die Idee dazu.

Die Wandler waren gewissermaßen die ersten "Götter" oder "Engel", sogar „Teufel" und „Dämonen", im Verlaufe des "Großen Spiels".

Kaum, dass sie aktiv wurden, erschufen sie, entsprechend der Vorgaben durch die zwölf Konstrukteure weiteren Raum.

Sie wandelten, wie schon ihr Name sagt, die Energetik der kosmische Urenergie des TAO-Geistes in materielle Dinge um.

Eine Vielzahl von Objekten entstand: Galaxien, Sonnen und Planeten. Zwar waren die ersten Aktivitäten noch immer ziemlich chaotisch, doch mit Hilfe der Konstrukteure regelte sich auch der Schaffensdrang der GeistWandler.

Das Wandeln hat, wie wir es heute definieren, in seinem Tun verschiedene Bedeutungen.

So könnte es heißen: Sich bewegen, also herumwandeln. Dazu bedarf es, wie gesagt, der Schaffung von Raum, wozu die Wandler unter anderem von Anbeginn fähig waren.

Dann ist Wandeln gleichzusetzen mit etwas schaffen, etwas hinzufügen oder etwas verwandeln, umwandeln, verändern. Hier wird die Fähigkeit der Umwandlung von Energie in Materie deutlich. Diese Art der Wandlung beinhaltet jedoch außerdem das Zerstören. Denn, im Normalfall, so wie wir es heute betrachten müssen, bedarf es eines Zerstörungsprozesses, um Neues kreieren zu können.

Dies war anfangs noch nicht erforderlich, da hinreichend Energie zur Verfügung stand und Raum neu hinzugefügt werden konnte, um jegliche Form aus dem relativen Nichts hinzustellen.

Der Mangelzustand, den wir zur Zeit vorfinden, musste erst von uns geschaffen werden, um dem Spielgeschehen mehr Dynamik zu verleihen.

Damit sollten die Spielfiguren, beziehungsweise die spielenden Wesen, eine Herausforderung vorfinden, um sich darin selbst zu beweisen.

Der Mangel ist einfach ein zusätzlich eingefügter Bestandteil im Spiel.

Wandeln setzt Zyklen in Gang und es bietet einen angemessenen Ausgleich beim Erschaffen. Nur die Harmonie im Geben und Nehmen lässt ein Gleichgewicht im Universum entstehen, lässt die kosmischen Gesetzmäßigkeiten über die Zeiten hinweg weiter bestehen.

Sollten diese Zyklen einmal empfindlich gestört werden, löst sich mit ziemlicher Sicherheit das universale Spielfeld vollständig auf.

Entweder es „verflüchtigt" sich im Nichts seiner „Umgebung" oder es wird energielos, eisig und hart.

Somit sind die Wandler nicht nur die Garanten für den Fortbestand des „Großen Spiels". Hier greift auch das Wort aus dem Taoismus:

"Das einzig Beständige ist der stetige Wandel!"

Das Universum wurde immer weiter ausgedehnt. Es gewann an Raum und energetischen sowie materiellen Inhalten.

Die Naturgesetze wurden Stück für Stück in die Akasha-Chronik oder in das morphische Feld festgeschrieben. Auch als sie mehrfach wieder verworfen wurden, um abgewandelt erneut zur Geltung zu kommen. Die Gesetze heutiger Prägung werden nicht anders herausgebracht.

Die GeistWandler waren emsig bei der Sache. Sie kreierten jede Menge Materie aus dem unerschöpflichen Energiehaushalt des Göttlichen TAO.

Ihr Spieltrieb stand in keiner Weise hinter dem der Zwölf zurück.

Mit anfänglicher Begeisterung schleuderten sie Sonnen und Planeten aufeinander und ließen ganze Galaxienhaufen Tänze aufführen. Jedoch gab es weder ein Miteinander noch ein Gegeneinander.

Jedes Wesen war sowohl für sich als auch für das Große Ganze aktiv. Ihre hohe telepathische Verbundenheit ließ es nicht zu, dass sie sich irgendeinen Schmerz oder dergleichen zufügten.

Es hätte schließlich jedem zugleich gegolten und wäre somit für alle besonders heftig gewesen.

Aus diesem Grunde machte sich zunehmend Langeweile breit.

Das Universum hatte seinen Daseinszweck erreicht. Das „Große Spiel" konnte beginnen.

Die Wandler lehnten sich verschlafen zurück und genossen ihr Werk. Doch wo war der Reiz des Ganzen, wenn jeder von jedem schon im Voraus wusste, was derjenige als nächstes vorhatte.

Ich habe während einer Spirituellen Rückführung einmal das Bild einer Bar übermittelt bekommen, in der die Geistigen Wesen gelangweilt ihre Cocktails schlürften.

Im nächsten Moment erschien ein bunter Harlekin auf der Bildfläche (War hier der 13te Konstrukteur erstmals in das „Große Spiel" eingestiegen?).

Der Clown forderte seine Mitwesen durch intensive Farben und Klänge heraus. Er riss sie dadurch aus ihrer lethargisch anmutenden Langeweile.

Durch seine Anregungen wurden weitere Spielbestandteile erfunden, die das Spiel interessanter machen sollten.

Deshalb erschufen die erweckten GeistWandler, selbstverständlich im Einvernehmen mit den Konstrukteuren: Das zunehmende **Vergessen**.

Die GeistWandler koppelten sie sich immer mehr sowohl vom Allwissen des Göttlichen, zu dem sie sowieso keinen umfassenden Zugang mehr hatten, als auch vom erarbeiteten Wissen der Konstrukteure ab.

Jede Kreation war von nun an etwas Neues, irgendwie Individuelles. Im weiteren Verlauf des Spiels entstand somit eine egobetonte **Individualisierung**, ein erneuter Bestandteil im Spielgeschehen.

Die vielen, vielen Einzelwesen hatten jedoch immer noch Fähigkeiten, von denen wir heute nur noch träumen können.

So erschufen sie beispielsweise, jeder für sich, Sphären für eigenständige Welten und ganze eigene Kosmen, heute vielfach auch Dimensionen genannt. Sie koppelten diese Kreationen geradezu vom übrigen Universum ab.

Einige sponnen sich derart in ihr eigenes Geschehen ein, dass sie den Bezug zum gemeinsamen Dasein total verloren. In deren Weltsphären waren sie nicht einmal einsam, denn dort existierten auch die von ihnen geschaffenen, eigenen Aspekte, von Wesenheiten mit ganz eigener Weltsicht.

Indem sich Geistwesen derart vereinzelten, verloren sie den Kontakt zu ihren Genossen. Sie ahnten bestenfalls davon, was bei den übrigen vor sich ging.

Ihre Individualität hinderte sie geradezu daran, über den eigenen "Tellerrand", die eigene Sphäre des Erschaffens, zu schauen.

Dennoch kann ich, aus Sicht von vielen Spirituellen Rückführungen, feststellen: In den vereinzelten Sphären entwickelten ähnliche Geschichten, die in ihrer Gesamtheit den Spielverlauf wieder in Gang und schließlich voran brachten. Offenbar hatten entweder die Konstrukteure oder das Göttliche TAO auch weiterhin ihre Hände im Spiel.

Übertragen auf Verhältnisse der Gegenwart sehen wir Parallelen in der Nutzung von Computern und dem damit verbundenen Spielverhalten.

Die User von solchen Spielen verlieren sich auch oftmals in den angebotenen Aufbauten. Auch hier erscheint erfundene Realität anziehender als die Realität im Umfeld. Und auch hier entstehen in der Gesamtheit immer neue Kreationen, weil die Macher der Computerspiele sich den Erfordernissen des Marktes anpassen und auf diese Art und Weise andauernd Interessanteres entwickeln.

Um die Vereinzelungen aufzubrechen, seine Kumpane zumindest vorübergehend aus ihren Sphären herauszulocken, hatte vermutlich der bereits erwähnte, überaus kreative Wandler (oder war es wieder der 13te Konstrukteur?) die geniale Idee eine Art kosmischen sowie universalen Zirkus zu errichten.

Mit großem Getöse und Tamtam stellte er seine neuesten Kreationen vor.

Er bot Abwechslung auf höchstem Niveau. Da gab es griechisch-römische Aufbauten ebenso wie sumerisch-ägyptische, indische oder fernöstliche sowie europäisch-amerikanische, wenn mir die Vergleiche zu unserer jüngsten Vergangenheit erlaubt sind.

Die dargestellten Zivilisationen, die er zum Zwecke der Belustigung hervorbrachte, wurden vorbildhaft für die meisten anderen Wandler.

Dieser Wandler war jedenfalls erfinderisch wie kaum ein zweites Wesen und er zog eine große Schar anderer Geistwesen in seinen Bann. Die Faszination, die von solchen Szenarien ausging, war unbestritten.

Zumeist führten Könige, Kaiser, Cäsaren oder Hohepriester, Päpste, Magier und Schamanen die anderen Mitspieler an.

Sie vollzogen im Kleinen, auf den Bühnen, die ähnlichen Rituale, wie sie sich der geniale oder verrückte Wandler für spätere Götterwesen ausgedacht hatte. Man praktizierte allerlei seltsame Handlungen.

Dafür nahmen andere Geistwesen nicht selten seine Einladung zum Mitspielen an.

Es wurde ihnen gestattet in das Spiel der jeweiligen Sphäre einzusteigen, um hautnah erfahren zu dürfen, wie es sich anfühlte einer der Helden seiner Geschichten zu sein.

Schnapp! Die Falle schloss sich. Die ehemals freien Geister blieben in den Szenarien gefangen.

Sie fühlten Mitleid, Verlust und Schuld, wenn sie sich wieder herauslösen wollten.

Der schelmische Ungeist, freute sich diebisch, wenn wieder welche seiner Geist-Gefährten in seine Fallen gegangen waren.

Aus heutiger Sicht würden wir sagen: "Pfui" und "Buuh" und "Verbrecher".

Damals wurde jedoch applaudiert und die Kunst des Wandlers bejubelt. Die unschuldigen Geister hatten einfach die Folgen seines Handelns nicht klar vor Augen.

Der Wandler war nämlich einfach nur ein Beispiel für die Spielfreude. Ein Beispiel für den Spielgeist. Als Spielgeister traten wir schließlich alle in diesem Universum an.

Ob das inszenierende Geistwesen tatsächlich bis ins Einzelne wusste was es tat? Wissen denn die neumodernen Computerspiele-Erfinder welche Auswirkungen ihr kreatives Tun auf die Menschheit hat?

Hatte er wirklich beabsichtigt seine als Akteure eingesetzten Geistwesen in festgefahrene Rollen zu pressen und die Zuschauer über lange, lange Zeiten zu Zuschauern zu machen - teilweise bis zur Gegenwart?

Auch erkor er freie Wesenheiten allzu dauerhaft zu seinen Fans, wie man heute sagen würde.

Mit dieser vielgestaltigen Truppe zog er durch das Universum, von System zu System, von Sphäre zu Sphäre.

Die Zuschauer oder Fans, wurden im wahrsten Sinne des Wortes "gefesselt" von den Darbietungen in der Arena. Auf die Zuschauertribüne gebannt verfolgten sie das Geschehen.

Übrigens: Aus diesem zirzensischen Geschehen heraus erwuchs ein furchtbesetzter Respekt bis hin zu intensiven Ängsten vor den maskierten Clowns, vor Weihnachtsmännern, vor den Verkleidungen von Schamanen und Medizinmännern und vor Masken im allgemeinen.

Diese Erkenntnis wurde mir aus allerlei Spirituellen Rückführungen genannt.

Jedenfalls entstanden von Mal zu Mal, aus vormals kreativen, selbstbestimmten Wesen, zunehmend stumpfe, deklassierte Außenseiter.

Deren Nutzen bestand nur noch darin, ihre fanatische Energie auf den Mittelpunkt des großen Rundes zu richten und den Akteuren (im Besonderen dem Veranstalter!) Kraft zuzuführen. Kraft die ihnen von da an für eigene Schaffensprozesse fehlte.

Speziell diese Rollenzuweisung wurde von etlichen Wesen hochgradig dramatisiert, wodurch sich eben dies besonders stark ins "Erinnerungsvermögen" ihres Verstandes einbrannte. Bis zum heutigen Tage verfolgte so manches Wesen dieses Drama.

Wer von uns darf den ehrgeizigen Wandler als einen Satan oder ein teuflisches Wesen verurteilen?

Spielen wir doch selbst alle seine Spiele begeistert weiter und widersetzen uns geradezu, bewusst oder nicht bewusst, einem möglichen Ausstieg.

Bejubeln wir nicht immer noch Könige und Päpste, Stars und Sternchen?

All dies sind Überbleibsel unserer uralten, eigenen Denk- und Betrachtungsweisen.

Sie haben uns schließlich dazu veranlasst, zu den Zirkusdarbietungen hinzustreben und ihren Faszinationen zu erliegen.

Noch immer sind viele von uns, die wir jetzt den Fleischkörpern anhängen, nur begehrende Zuschauer, bestenfalls Kleindarsteller in dieser umfassenden Matrix der Sklaverei.

Erst mittels Spiritueller Rückführungen der Druiden des TAO könnten (konnten bereits!) sich die Menschen der Gegenwart, aus solchen festgefahrenen Mustern lösen.

Das universale Spielgeschehen stieß, selbst im Verlaufe zunehmender Individualisierung, irgendwie erneut an die Grenzen des Erschaffens. Zumindest habe ich diesen Eindruck gewonnen.

Das soziale sowie emotionale Erleben im Spielaufbau ging nicht so recht voran, wurde vielleicht sogar erneut stellenweise ziemlich langweilig.

Da geschah etwas Seltsames, richtig „Verrücktes"! Durch die stetige Ausdehnung des Universum geriet es in den Kontakt mit einem anderen Spielfeld, einem anderen Universum.

Dort beherrschten ganz andere Wesenheiten ihr stagnierendes Spiel.

Es waren Technikfreaks!

Ihr Pläsier der Eindringlinge bestand darin, mit gigantischen Raumschiffen durch den Raum zu reisen. Sie erstellten gewaltige, mondgroße Raumstationen und ließen allerlei Roboter besonders gefährliche, schwierige oder spezialisierte Arbeiten verrichten.

Im Spielgeschehen dieser Invasoren war ein Totpunkt erreicht. Das energetische Niveau ihres Universum befand sich extrem weit unten.
Nicht nur ihre ausschließlich technisch funktionierenden „Spielsachen" hatten schlimme Energieprobleme. Auch die Fremden selbst wurden immer lethargischer, weil sogar ihnen die Energie ausging. Ihr Spiel drohte regelrecht abzusterben.

So kam ihnen die Verbindung zu unserem, noch weitgehend unverbrauchten, frischen Universum gerade recht. Hier sprühte alles geradezu vor Energie. Die WandlerWesen auf unserer Seite waren noch in der glücklichen Lage, Energien quasi aus sich selbst heraus zu kreieren. Das war natürlich überaus anziehend für die Anderen.

Mittlerweile bin ich der Ansicht: Das Göttliche TAO hatte abermals seine „Finger im Spiel".
Immerhin geschah alles wie „vorbestimmt", wie von außen gesteuert.

Jedenfalls kamen die Fremden mit einer gewaltigen Flotte riesiger Raumschiffe und mit ihren Raumstationen in unser Universum herüber.
Die gewaltige Armada nutzte irgendwie aufgerissene Dimensionslöcher.

Durch diese verließen sie fluchtartig ihr eigenes Universum.

Die Invasoren hatten nur auf den richtigen Zeitpunkt gewartet. Mit ihren technischen Möglichkeiten konnten sie schon im Vorfeld erkennen, was geschehen würde.

So platzierten sie sich mitsamt ihrem „Technik-Kram" an Ort und Stelle.

Einige dieser Schlupflöcher befanden sich in unserer Galaxis, der Milchstraße.

Die Strukturrisse schlossen sich allerdings recht kurz nach dem Übertritt wieder.

Den Burschen war der Rückzug abgeschnitten. Dem Gedanken zurückzukehren konnten sie jedoch sowieso nichts abgewinnen.

Die Fremden waren selbst nicht sehr viel anders als robotische Lebenseinheiten.

Ihre Körper bestanden aus einer Art Kunstmaterial, wie wir heute sagen würden. Verschiedene Plastiksorten, Metall und ähnliches Zeug bildeten ihre Körperbestandteile. Sie waren also rundum synthetisch, dennoch beweglich und extrem langlebig.

Ihre Bestandteile können nämlich jederzeit ausgetauscht werden, wenn rechtzeitig genug eingegriffen würde. Entsprechende Ersatzteillager hatten sie in ihren Raumstationen mitgebracht.

Irgendwie würden diese Fremden heute auf uns wie eine Art Puppen wirken.

Sie existierten in unterschiedlichen Formen, entsprechend ihrer Funktion im Gefüge und entsprechend ihrer geistigen Leistungsfähigkeit.

Die überwiegend gebrauchte Gestalt ihrer Körpereinheiten war allerdings "menschlich".

Wenn ich menschlich sage, so meine ich eine Spezies mit einem Kopf oben auf dem Rumpf, mit zwei Armen und zwei Beinen. Finger an den Händen und Zehen an den Füßen sollte es auch geben.

Die Elite ihrer Führungsriege was ziemlich einheitlich gestaltet: Diese Typen waren höchstens einen Meter groß. Ihr Kopf war im Verhältnis gesehen größer als für uns normal. Wenn man hier überhaupt von einem Normalmaß ausgehen kann.

Würden diese Figuren heute durch unsere Städte laufen, fielen sie kaum auf. Manche von uns würden sie vielleicht als Liliputaner ansehen.

Auffällig war, dass sie ihren kleinen Mund kaum bewegten, wenn sie sprachen. Denn untereinander verständigten sie sich telepathisch.

Der Mund diente somit nur der Nahrungsaufnahme, wobei Flüssignahrung bevorzugt wurde.

Ihr Gesicht und überhaupt der Körper waren sehr gleichmäßig gebaut. Es gab keine Unterschiede von rechts und links, wie sie bei uns Menschen üblich sind. Dadurch wirkten diese Wesen tatsächlich puppenhaft. Zumal auch die Haut keinerlei Unregelmäßigkeiten aufwies. So etwas könnte bei uns kein Chirurg und kein Maskenbildner hinbekommen.

Höchstens professionelle Puppenmacher würden mit dieser Perfektion konkurrieren können. Den Puppen dann Leben einzuhauchen, brächte eventuell ähnliche Wesen hervor.

Diese aufrecht gehenden Gestalten hätten als Vorbild für intelligente Lebensformen dienen können, wie sie später als Kohlenstoffeinheiten auch in unserem Universum geschaffen wurden.

Seltsam war, dass die so genannte menschliche Form auch in unserem Universum als geistige Matrix bereits angelegt war.

Die Fremden hatten die vielfältigen geistigen Fähigkeiten, mit denen sie sicherlich auch einmal angetreten waren, fast völlig vergessen, verlernt oder einfach verdrängt.

Lediglich bei den Eliten, den kleinen „Puppen", war die Telepathie ein übrig gebliebenes Allgemeingut. Sie diente jedoch ausschließlich der Verständigung untereinander.

Die Gedanken von anderen Wesen blieben ihnen verschlossen.

Zuerst beobachteten die Eindringlinge das Geschehen in unserem Universum nur. Sie versorgten ihre Technik dabei mit Energie aus den hiesigen Sonnen und aus nahe gelegenen Schwarzen Löchern.

Überall in unserem Universum verteilten sie sich. Es ging schließlich darum, möglichst viel von ihresgleichen aus dem eigenen, heruntergewirtschafteten Universum zu evakuieren. Sie siedelten sich an.

Sie verteilten sich zuerst um die wieder verschlossenen Dimensionsrisse herum. Dies geschah in unserer Milchstraße und in vielen, vielen weiteren Galaxien.

Ihr Energiehunger war ungeheuer. Ging es doch darum, sowohl das eigene Überleben zu sichern, als auch die Vielzahl an technischen Hilfsmitteln am Laufen zu halten.

Auf der Suche nach immer effizienteren Energiequellen entdeckten sie die Kraft, die alles erschaffen hatte. Sie entdeckten einige der GeistWandler.

Da die Invasoren so gut wie gar nichts mehr von Geistwesen wussten, nahmen sie doch tatsächlich an, sie hätten es einfach mit Energie erzeugenden Einheiten ohne Bewusstsein zu tun.

Sie entwickelten immer bessere Pläne, um diese Produzenten freier Energie auszubeuten, sie für sich nutzbar zu machen.

Dazu mussten sie die GeistWandler erst einmal einfangen. Dann mussten sie die, in ihren Augen körperlosen, Energieproduzenten gefangen halten und zur Erzeugung von Energie anregen.

Deren Technik bestand schließlich darin: Kristall-Batterien wurden konstruiert, in denen konnten die nützlichen Einheiten festgehalten werden.

Dann setzten die Fremden die Gefangenen einem Elektrobeschuss aus. Mittels gezieltem, relativ geringem Aufwand veranlassten sie die Wandler, ein wesentlich höheres Energiepotenzial freizusetzen, als sie aufbringen mussten.

Für diese Kerle waren wir Wandler einfach wie eine Art geniales Perpetuummobile.

Wie sich das Ganze abgespielt haben könnte, versuche ich am folgenden Beispiel darzustellen.

Dies ist eine von vielen Geschichten, wie sie mir, in Spirituellen Rückführungen, aus der Sicht von ganz verschiedenen Personen übermittelt wurden.

Die Sphäre Elysia

Es ist die Sphäre Elysia mit dem System Elysia wovon wir hier hören. Sie könnte auch ganz anders heißen, doch so einen Namen übermittelten mir die Rat- und Hilfesuchenden aus etlichen Spirituellen Rückführungen.

Es geschah noch vor dem Ursprung von Leben im Universum. Die Vorgänger der Elysier waren allerdings mitverantwortlich, für die allgemein in Übereinstimmung gebrachte Darstellung der Matrix für menschenähnliche Strukturen.

Per Gedankenkraft entsandten sie den prägend wirkenden „Samen" des „Menschlichen", ins morphische Feld sehr vieler geistig-kosmischer Systeme ähnlicher Art, die für seine Entwicklung brauchbar erschienen. Dies geschah vor Milliarden Erdenjahren.

Einige der „Alten" (Wandler vom Anbeginn) begleiteten die morphologischen Sporen und kümmerten sich ummittelbar um deren Wohlergehen oder sie wachten einfach über ihr Verkümmern und ihren zwangsläufigen Untergang, wenn sie auf „unfruchtbaren Boden" fielen.

Diese Alten waren Geistwesen deren strahlende Erscheinung wir (unzulänglich) mit Engeln oder dergleichen vergleichen können.

Doch was geschah in der Sphäre Elysia? Auch dort entwickelten sich brauchbare Geistkörper.

Die hochgeistigen Elysier schufen sich „Körper" die man gleichfalls als sphärisch bezeichnen könnte.

Ihre geistigen Körper waren schlanke Exemplare mit langen Armen und Beinen und einem nach oben spitz zulaufenden Kopf.

Aus heutiger Sicht wirkten sie zerbrechlich, zart, hell, fast durchscheinend. Von diesen Körpern ging ein farbiges, meist bläuliches Strahlen aus.

Die Farbe konnte sich veränderten, wenn ein Elysier dies gerade „modisch" kreierte.

Die Köpfe dieser Wesen beherbergten kein Gehirn, wie wir es kennen.

Ein Sprechmund erübrigte sich sowieso, da jegliche Kommunikation per Telepathie stattfand.

Sie waren auch nicht an die Gravitation eines Planeten gebunden. Sie bewegten sich in irgendeiner Weise schwebend. Ihre Bewegungen wirkten tänzerisch, wie "Blätter im Wind".

Über ihre Himmelskörper hinaus, zur „Reise" innerhalb des sphärischen Systems, benutzten sie allerdings schützende Hüllen.

Diese waren ähnlich beschaffen wie kleine Raumflugkörper, konstruiert aus Gedankenkraft und auch damit gesteuert.

Ich benutze hier Begriffe der Neuzeit, für etwas in Wahrheit Unbegreifliches.

Die mystischen Kräfte der Elysier machten technische Einrichtungen und sonstige Hilfsmittel überflüssig.

Alles, was sie sich vorstellen konnten wurde sowohl für sie, als auch für ihre Mit-Elysier real. Vorausgesetzt diese stimmten damit überein!

Die Sphäre in der sie umgingen, wurde vom Aktionsfeld umschlossen. Es wurde von allen Elysiern per Geisteskraft aufrecht erhaltenen und schirmte sie ab.

Dadurch entstand im Feld ein völlig eigenständiges Volk, wie man zu dieser Gemeinschaft heute sagen würde.

Die gesamte Sphäre Elysia war ebenso zeitlos wie auch der Rest unseres „damaligen" Universum.

Elysia war in der Schwärze des All weitgehend unauffindbar, wie nicht wirklich vorhanden. Damit war es unangreifbar.

All diese Begriffe gelten sowieso nur aus der Sicht heutiger Betrachtungsweisen.

Das Schirmfeld hatte, von außerhalb betrachtet, Ähnlichkeit mit der Funktion eines Schwarzen Loches. Die gesamte Sphäre wurde auf diese Art und Weise energetisch gespeist.

Sie sog nämlich tatsächlich alle Materie und die Energien in seiner Umgebung auf. Diese verschwanden im Nirwana der geistigen Sphäre.

Genau diese Wirkungsweise sollte den Elysiern schließlich zum Verhängnis werden.

Ursprünglich waren es individuelle Wandler, freie TAO-Wesen, die sich entschlossen hatten, sich aus dem „Großen Spiel" auszuklinken. Die Entwicklung des übrigen Universum überließen sie ihren „Kollegen".

Zumindest schienen sie keinen entscheidenden Beitrag mehr zu leisten, was jedoch ein Trugschluss war, wenn man das große Ganze überblickte.

Miteinander schufen die jeweiligen „Individualisten" ihre eigenen Sphären.

Sie regelten darin die Bahnen von Sonnen, Planeten, Monden und vielem mehr.

Auch entwickelten sie übergeordnete, alles regelnde Geistkörper für die Gemeinschaft.

Auch heute spricht man beispielsweise noch vom „Staatswesen".

Die Übereinstimmung der Wesen war dabei geradezu perfekt. Sie dachten und handelten wie ein einziger großer Geist.

Auch ihr Verhältnis zu den nach und nach gestalteten sphärischen Körpereinheiten vollzog sich liebevoll und mit großem Verständnis.

So waren für die Elysier ihre „Körper" wirklich gute Freunde. Denn immerhin waren sie aus dem gleichen "Holz geschnitzt" beziehungsweise aus dem ähnlichen geistigen Grundgedanken geschaffen wie sie selbst.

Die Urwesen vereinzelten sich millionenfach in ihren Körperlichen. Die gewaltigen, schöpferischen Kräfte wirkten dabei noch immer.

Das telepathische Netz, das alle miteinander verband, war für die Elysier eine enorme Macht.

Insbesondere innerhalb ihrer Sphäre nutzten sie diese Kraft zur Gestaltung von eigenständigem Weltgeschehen. Allerdings konnte sie die fortschreitende Vereinzelung auch entscheidend schwächen.

Dennoch konnte jeder sowohl sich selbst individuell entfalten, als auch in Gruppen gestalterisch tätig sein. Immer hatte die Gemeinschaft insgesamt Anteil am Erfolg der Unternehmungen der Einzelnen.

Ästhetik und große (positive) Gefühle für Kunst, Wissenschaft, Magie und Mystik durchströmten die Sphäre und die Wesenheiten darin.

Es ist geradezu unmöglich, als Unbeteiligter erklären zu wollen, wie sich das Leben der Elysier anfühlte.

Ich will trotzdem beispielhaft versuchen etwas davon aufzugreifen und irgendwie darzustellen. Wie könnte man es sich also verbildlichen?

Im Sinne eines Rezeptes nehme man: Einen dreidimensionalen Film mit allen nur möglichen Wahrnehmungen. Man mische die Hochkulturen Europas, Indiens, Chinas und aller Welt, zu einem Gesamtkunstwerk und lasse jedermann an dem Eindruck teilhaben.

Jedes Wesen kann in diesem Szenario eine oder mehrere Rollen übernehmen.

Auf diese Art und Weise entstünde ein ganz kleiner Ausschnitt aus dem gesamten Erschaffen, das ein Elysier seiner Kultur darzubringen imstande war.

Dies alles mal viele Millionen und über lange, lange „Zeiträume" ergab die sphärische Gesamtheit.

Elfen, Feen, Einhörner, Zwerge, Trolle und Drachen, die ganze Welt der Mythen, Sagen und Legenden wurde in den Sphären, wie Elysia eine davon war, bereits vorgedacht.

Etliche Tausend Male wurden Weltszenarien erschaffen und wieder zunichte gemacht.

Elysia war eine Welt voller „Träumer" und ihrer „Träume", die aber an Wirklichkeit nicht zu übertreffen waren.

Bis zu jenem verhängnisvollen Zeitpunkt, als das große „Erwachen" kam!

Eines unschönen Tages klopfte der „Tod" an die Außenhülle der Sphäre.

Eine völlig fremde Macht war, wie bereits erwähnt, in unser Universum und in unsere Galaxis eingedrungen. Sie kam aus einem anderen Universum, einem hochtechnischen Universum.

Die technische Komponente war, bis zu deren Eindringen, bei uns noch nicht erdacht. So etwas, was die Fremden mitbrachten, war hier unbekannt.

Sowohl in den Sphären als auch darüber hinaus erfolgte Raumfahrt auf einer geistigen Ebene. Die Bewegungen innerhalb der Systeme oder von Sphäre zu Sphäre wurden per Vorstellungskraft realisiert.

Die fremde Rasse aber, sie hatte eine Technologie zur Energiegewinnung aus schwarzen Löchern.

Ihnen fiel sofort auf, dass sich Sphären zwar annähernd wie eines der schwarzen Löcher gebärdeten, aber keine Energie daraus zu gewinnen war.

Deshalb begaben sie sich neugierig in die Nähe der Sphären, so auch nach Elysia.

Immerhin hatten sie die Technik, dem enormen Sog zu widerstehen. Sie stellten Messungen an und beschossen das seltsame Etwas mit Laserstrahlen.

Zu Testzwecken wurde die Sphäre mit dem Laser gekitzelt.

Die Elysier machten sich deshalb ebenfalls auf, zu erkunden, wer oder was bei ihnen „anklopfte".

Die Invasoren lockten doch tatsächlich die Geist-Wandler von Elysia aus ihrer schützenden Sphärenumgebung heraus. Sie hatten auf diese Art und Weise einen Weg gefunden sich interessant zu machen. Damit holten sie sich mit der Zeit fast alle Geistwesen, nicht nur die Elysier.

Die Fremden spürten viele, ungeheuer viele von den Wandlern auf. Sie setzten sogar Spezialisten auf sie an, als sie feststellten, wie nützlich die Energieerzeuger für ihre Technik waren.

Wie wir bereits wissen, war ihr Bedarf an Energie enorm groß.

Nachdem die anderen feststellen konnten, wie effektiv die eingefangenen Energieeinheiten arbeiteten, rüsteten sie all ihre Maschinerien damit aus.

Die Wandler hatten keine Möglichkeit sich bemerkbar zu machen und als Geistige Wesen zu erkennen zu geben.

Somit versorgten sie zwangsläufig sowohl deren Raumstationen als auch Raumschiffe aller Größenordnungen und viele unterschiedliche Roboter mit ihrer geradezu unerschöpflichen Energie.

Sollten die, von den Geistwesen gespeisten, Batterieeinheiten dennoch einmal versagt haben, wurden sie in hell strahlenden, sonnenheißen Konvertern desintegriert, damit total vernichtet.

Wie aber fühlten sich die Geistigen Wesen bei diesem brutalen Vorgang?

Uns - ich verwende diese Bezeichnung, weil wir so ziemlich alle davon betroffen waren - erging es schrecklich!

Wir hatten kaum eine Chance der Fangtechnik, die von den Invasoren eingesetzt wurde, zu entkommen.

Mittels Magnetismus und Elektrizität, etwas das wir zwar auch erschaffen hatten aber deren Funktionen wir weniger Aufmerksamkeit schenkten, wurden wir gebunden.

Dann hat man uns per Elektrobeschuss in Verwirrung gesetzt. Unser eigenes, nicht körperliches Feld wurde derart durchgeschüttelt, dass wir schlagartig jegliche Kontrolle verloren.

Nachdem wir willenlos gemacht worden waren, sperrte man uns in die eigens geschaffenen Kristalle.

Auch diese hatten die Eigenschaft, uns die Orientierung zu nehmen. Wie in einem Spiegelkabinett fanden wir einfach keinen Weg mehr nach draußen.

Dies alles wäre noch nicht einmal so schlimm gewesen, wenn man uns zumindest vorübergehend etwas Ruhe gegönnt hätte.

Dann hätten wir sicherlich bald einen Ausweg gefunden, der uns Geistigen Wesen gerecht geworden wäre. Doch in den Kristall-Batterien begann unser Martyrium erst richtig.

Elektrische Impulse peinigten unsere Geistkörper immer und immer wieder. Wir bäumten uns auf, versuchten uns dessen zu erwehren und wendeten dafür unsere ganze Energie auf.

Diese frei werdende Energie war genau das, was unsere Peiniger wollten. Sie saugten unser Potential regelrecht ab und verwendeten es für sich und eben für ihre Technik.

In der Gefangenschaft solcher Kristall-Batterien erfuhren wir erstmals, was es hieß heftigen Schmerz zu empfinden.

Glücklicherweise waren zumindest die 13 Konstrukteure vom Ursprung außerhalb der Zugriffstechniken durch die Invasoren. Das Göttliche TAO schützte sie möglicherweise.

Sie sannen alsbald nach Möglichkeiten, wie sie ihr Spiel wieder ins Laufen bringen konnten. Den Ansatz zu einer Lösung fanden sie, nachdem die ersten ausgebrannten Batterien im Konverter vernichtet wurden.

Das kristalline Material verpuffte vollständig. > Und der darin gefangene Wandler? Er wurde urplötzlich wieder frei!

Wahnsinn! Da war doch tatsächlich ein befreites Wesen. Durch Hitze und Licht geläutert, so schien es zumindest (eine Vorstellung die sich bis in die Gegenwart gehalten hat), entfaltete das Geistige Wesen seine "Flügel".

Es gewann sogar seine Fähigkeiten zurück und ... es wurde immer wieder erneut gefangen. Dies war keine wirklich befriedigende Situation.

Die Freiheit winkt

Doch die Konstrukteure beziehungsweise ihre nachfolgenden Wandler-Aspekte fanden dennoch den einzig gangbaren Ausweg aus dieser scheinbar so verfahrenen Geschichte: "Stellt Euch tot!".

Dies gaben sie telepathisch als Anweisung heraus. Und anschließend: "Übernehmt die Fremden!"

Als Geistige Wesen waren die Wandler sicherlich in der Lage, sich mit den Körpern der Invasoren zu verbinden. Damit wurden erstens die Machtpositionen umgedreht und zweitens konnte schneller bewirkt werden, dass die eigenen Mitwesen aus ihren Gefängnissen befreit wurden.

Indem wir, die GeistWandler die erste Anweisung befolgten, wurden wir für die Fremden zunehmend uninteressant. Sie merkten: Unsere Leistungsfähigkeit (-bereitschaft!) nahm mehr und mehr ab. Sie mussten immer öfter auf andere Kraftquellen ausweichen, um uns zu ersetzen.

Es gab im Universum vielfältige Möglichkeiten sich mit Energie zu versorgen.

Daher wurden die nutzlos gewordenen Batterien in den Konvertern mengenweise entsorgt.

Das große, helle Licht wurde für uns zur großen Freiheit. Diese Anschauung zog sich über die Zeiten hinweg durch alle Religionen und spirituellen Betrachtungen.

Sobald wir im Zuge der Befreiung unsere Fähigkeiten wieder gewinnen konnten, widmeten wir uns der zweiten Anweisung.

Es war für uns nicht sonderlich schwer, bei den Burschen anzudocken.

Jetzt konnten wir unter anderem auch vermitteln, dass es sich bei den Batterien um die Gefängnisse von Wesenheiten handelte.

Damit erzielten wir zwar noch keinerlei Mitgefühl bei den Invasoren, doch uns gelang es immerhin, die Befreiung schneller voranzubringen. Während die von uns übernommenen Puppen beschleunigt Kristall-Batterien entsorgten, ernteten sie bei ihren Kollegen gerade mal Gleichgültigkeit.

Übrigens war bei denen männlich und weiblich auch nicht ausgeprägt. Ebenso wie bei den ursprünglich sphärischen Körpern herrschte völlige Unabhängigkeit von Geschlechtern. Hierbei konnten wir uns also nichts für die eigene Entwicklung abschauen.

Was wir allerdings von den Invasoren übernahmen war der Umgang mit der fiktiven Wahrnehmung und der Einteilung von Zeit. Bisher kannten wir, wie schon erwähnt, dieses Phänomen nicht, beziehungsweise wir hatten keine Begriffe dafür.

Die „Technischen" hingegen verwendeten Zeitabläufe ganz selbstverständlich. Sowohl für die Konstruktion ihrer Maschinen brauchten sie Zeit, als auch für die entsprechenden Abläufe in und mit ihnen.

Außerdem hatten diese Dinge eine nur begrenzte Lebensdauer, die ebenfalls in Zeitläufe gepackt wurde. Sie maßen ihre Zeit an objektiv wahrnehmbaren, irgendwie ablaufenden Vorgängen.

Diesen wiesen sie einen eindeutigen Anfang, den Verlauf und ein wiederum eindeutiges Ende zu. Dieses Geschehen nannten sie einen Zyklus, der auch in Form eines Kreises dargestellt werden konnte.

Mit der Einführung beziehungsweise der Übernahme der **Zeitbegriffe** kam ein völlig neues Spielelement daher.

Die Definition von Zeit hieß: Wahrnehmung sowie Messung der Bewegung von Energie und / oder Materie im Raum.

Nicht mehr und nicht weniger als genau das. Einfach der Raum zusammen mit der Bewegung darin bestimmen die Zeit.

Zeit ist in Wahrheit keine weitere, vierte Dimension sondern lediglich eine rechnerische Ergänzung zum Räumlichen, unter der Berücksichtigung der Bewegung von Partikeln oder Wellen.

Deshalb spricht Aristoteles von der Raumzeit und Einstein im Rahmen seiner Relativitätstheorien vom Raum-Zeit-Kontinuum.

Wir, die Geistigen Wesen, gingen vordem mit der Zeit sehr subjektiv um. Über den reinen, objektiven Ablauf im Universum hinaus schafften wir es doch tatsächlich uns eigene Zeitverläufe zu kreieren.

Während die objektive Zeit der technisch veranlagten Wesen linear verlief: Aus der Vergangenheit heraus zur Gegenwart und weiter in die Zukunft hinein, gelang es den Geistwesen, mit ihrer Kreationsfähigkeit, sowohl rückwärts als auch vorwärts auf dem fiktiven Strahl zu reisen.

Erinnerung sowie Zukunftsplanung sind minimalisierte Reste dieser Befähigung.

Diese Vorgänge im Denken wurden einfach dem analytischen Verstand überlassen. Der hat sich in seiner Einfalt der linearen Vorstellung von Zeit angepasst und hindert uns Menschwesen daran, aus dem Korsett auszubrechen.

Als Geistige Wesen waren Wandler lange immer noch in der Lage, sich von den Vorgaben der Gesetzmäßigkeiten zu lösen, die wir einst gemeinsam schufen, um Zeit als Bestandteil des „Großen Spieles" im Universum zu festigen, sie mit ihm zu verknüpfen.

Mit Spirstueller Rückführungen gelangen wir annähernd an die Fähigkeiten der Wandler heran.

Zumindest die Vergangenheit öffnet sich für uns, wenn Wesen in einer Sitzung Zugriff darauf nehmen. So können die Personen in frühere Zeiten eintauchen, bei den dramatischen Ereignissen aufräumen und sich von unterschwellig wirkenden Einflüssen befreien.

Es ist als würden wir regelrechte Zeitreisen unternehmen. Durch die Veränderungen im vergangenen Geschehen, lösen sich auch die Problemstellungen der Gegenwart.

Jedenfalls integrierten wir GeistWandler die Eindringlinge schließlich vollständig in unseren Spielaufbau.

Die ehemals Fremden profitierten von uns und wir übernahmen Eigenschaften von ihnen, womit unser universales Spiel wieder interessanter wurde.

Das Göttliche TAO scheint hierbei taktisch ganz schön mitgemischt zu haben.

Wenn ich es mir recht überlege, geschahen in der nun wirksamen Zeit seltsame "Zufälle", die wahrhaft genial zusammenpassten.

Die Konstrukteure nahmen und nehmen sich auch weiterhin weitgehend aus all den Vorfällen im universalen Geschehen heraus.

Sie hielten aber schon immer den unmittelbaren Kontakt zum Göttlichen TAO. Damit waren und sind sie TAO in Reinkultur.

Ihr Allgeist wacht über die Entwicklungen im Spielverlauf. Sie greifen, ähnlich wie das Göttliche TAO, von "außerhalb" nur ein, wenn sich Ungereimtheiten abzeichnen.

Dabei betätigen sie sich weder als Schiedsrichter noch als Schlichter, noch als Motivatoren.

Die vielschichtigen Aspekte der Geistigen TAO-Wesen, die GeistWandler, kreativ und machtvoll, fast wie die Konstrukteure selbst, mischten sich ein.

Sie nahmen entweder selbst die Positionen von Spielfiguren ein oder sie schufen weitere Aspekte von sich, ganz nach ihrem Gusto.

In den Fällen der Übernahmen schnappten sich frei gewordene Wandler jeweils einen der fremdartigen Körpereinheiten.

Sie verbanden sich nicht direkt mit ihnen, um nicht erkannt zu werden. Ihre Einflussnahme geschah von außen, von hinter dem Kopf der Fremden.

Dies war sogar noch effektiver als der völlige Einstieg ins Körperliche. So konnten die Wandler einfach sie selbst bleiben und leicht, locker wechseln, wenn es nötig wurde.

Schließlich waren die Anderen vor Unfällen, Todes- oder Vernichtungsfällen nicht gefeit.

Die Wandler mühten sich, ihre "Artgenossen" aus den kristallinen Gefängnissen zu holen. Es gelang letztendlich ausnahmslos!

Bei dieser Aktion entdeckten die GeistWandler sowohl als "Gefallene Engel" als auch als Retter ihr Interesse an Magnetismus und Elektrizität.

Geistwesen betätigten sich von da an begeistert und nach Herzenslust als Blitzeschleuderer.

So manchem Gott wird noch heute diese Fähigkeit zugeordnet. Bei den Germanen war es beispielsweise Donar und bei den Griechen vergnügte sich Zeus damit.

Überlebensformen entstehen

Jetzt sah auch der dreizehnte Konstrukteur seine Zeit gekommen. Elektrizität war die Energieform seiner Wahl.

Damit konnte er genau das Leben inszenieren, wie er es „ganz zufällig" von den Elysiern vorausplanen ließ.

Er schwängerte die "Ursuppen" auf verschiedenen Planeten mit seinen Blitzen. Und siehe da, es entwickelten sich tatsächlich die Bauteile des Lebens „wie von selbst".

Ich meine damit nicht allein die Aminosäuren sondern ebenso Kohlenstoff und Silizium. Biochemische Verkettungen brachten unterschiedlichste Lebensformen hervor. Tiere, Pflanzen und sogar Minerale zählen dazu.

Die Lebendigkeit von Mineralen können wir aus dem Zeitgefüge von Menschen heraus nur nicht unmittelbar wahrnehmen.

Wir Wandler bevorzugten die Körper deren Koordination der Lebensfunktionen sowie deren Steuerung elektrisch vonstatten ging. Wir identifizierten uns einfach leichter mit ihnen, waren von den Kohlenstoffeinheiten fasziniert, während wir das "Siliziumleben" hauptsächlich nur schön fanden.

Der dreizehnte Konstrukteur kreierte sämtliche Gesetzmäßigkeiten sowie die vorwiegenden Formen des Lebens. Insbesondere die menschliche Erscheinungsform.

Diese Matrix, die im Geistigen schon weit zuvor angelegt war, übertrugen der Dreizehnte und seine Helfer gezielt ins fleischliche Leben.

Dies war der primäre Grund, weswegen sich Geistige Wesen mit wachsender Begeisterung wie selbstverständlich und ganz selbstständig ins Fleischliche einbanden.

Das wahnsinnig tolle Körperspiel des Dreizehnten nahm uns bis auf den heutigen Tag immer mehr gefangen.

Doch das Leben konnte auch ohne diese "Fremd-Beseelung" durch uns existieren. Leben lebt einfach!

Und zwar, indem die geistigen Aspekte des dreizehnten Konstrukteurs die Lebendigkeit aufrecht erhielten und weiterhin erhalten.

Er hatte nämlich seine Aspektanteile über das ganze Universum verstreut und in jede erdenkliche Zelle oder dergleichen in seine Imagination von Leben integriert.

Dies ist der Grund, weshalb die Selbsterhaltung von Körpern auch weiterhin gut funktioniert, obwohl oder gerade weil die Beseelung durch uns vorübergehend ausgesetzt wird.

Als TAO-Seele fehlt uns anscheinend der Sinn für das Funktionieren von Körperteilen. Wir ziehen uns tatsächlich manchmal vorschnell zurück, wenn ein Zweifel an der weiteren Funktionsfähigkeit des Körpers besteht. Damit geben wir die Kohlenstoffeinheit auf und überlassen sie dem Sterbeprozess bis zum eventuell baldigen Tod.

TAO-Seelen begeben sich auch in der Neuzeit schon auf die Suche nach einem neuen Körper, sobald eine schwere Krankheit oder das Alter tiefe Spuren hinterlässt.

So geschieht es häufiger als man denkt, dass ein Mensch nur noch minimal beseelt ist, wenn sich das Leben dem Ende zuneigt.

Dann kann sogar ein Lebewesen der unmittelbaren Umgebung, ein Haustier oder ein Babykörper, plötzlich zum Träger des noch Sterbenden werden.

Auch an einem Genesungsprozess hat die TAO-Seele nur wenig Interesse oder aber wir wissen einfach um die eigenständigen Fähigkeiten von Körpern. Wir überlassen unsere Körper beispielsweise bei Eintritt von Bewusstlosigkeit sich selbst, nach einem Unfall oder im Verlaufe von Operationen, unter Narkose.

Während sich der Körper quasi selbst regeneriert, halten wir, die TAO-Seelen, uns zumindest vorübergehend etwas fern.

Der Körper kommt dann tatsächlich auch ohne uns zurecht. Dabei treten die so genannten Nahtod-Erfahrungen auf. Wir gehen einfach ein wenig auf „Reisen" und kehren erst zurück, wenn alles wieder geregelt erscheint.

Unter Hypnose ebenso wie unter Drogen geschieht etwas ähnliches.

Der Hypnotiseur schafft es gewissermaßen, das Geistwesen auszutricksen.

Indem er sich besonders mit dem körperlichen Aspekt, wie etwa mit der Gehirnfunktion, "anfreundet", diesem seine Aufmerksamkeit schenkt, kann er ihm seine Anweisungen geben.

Er bedenkt nur leider nicht, wie tief er dabei in die Speicherbanken des Körpers eindringt. Dort kann ein Hypnotiseur nämlich Suggestionen verankern, die Personen halbe Ewigkeiten beeinflussen.

Meine Rat- und Hilfesuchenden haben während Spiritueller Rückführungen Hypnosen gefunden, die 100 Jahre und älter waren.

Ihre Befehle wirkten ebenso noch nach, wie die unbeabsichtigt eingepflanzten Nebenerscheinungen.

Deshalb müssen bei Spirituellen Rückführungen diese Hypnosen unbedingt gehoben und ihr Datenschrott bereinigt werden.

„Harte" Drogen können das Geistige sogar total ausbremsen. Die Drogenpersönlichkeiten sind wahrhaftig mit willenlosen Zombies gleichzusetzen.

Aus diesem Grunde sind Verbrechen, die nachweislich unter Drogeneinwirkung begangen werden, nicht vollwertig straffähig.

Die mit Drogen verseuchten Körpereinheiten werden darum nicht in normalen Gefängnissen eingesperrt, sondern in Psychiatrien verwahrt.

Leider nutzt dies den Geistigen Wesen ganz und gar nichts. Sie haben zwar die theoretische Möglichkeit, sich im Verlaufe des Aufenthalts vielleicht wieder einzufinden.

"Vielleicht" muss dabei jedoch ganz groß geschrieben werden, denn in den meisten Psychiatrien wird die einmal begonnene Drogenverseuchung mit Bedacht weitergeführt.

Schließlich sind auch die medizinischen Drogen nichts anderes als Drogen.

Spirituelle Rückführungen ließen mich sehr tief in Geschehen hineinblicken, die sonst versperrt geblieben wären.

Ich konnte somit beobachten, wie sich der dreizehnte Konstrukteur mit anderen Wesenheiten regelrecht zusammentat. Er heuerte diese praktisch für seine Vorhaben an.

So hat in ihren Spirituellen Rückführungen eine Frau erkannt, dass sie sich im Auftrag des Konstrukteurs besonders intensiv um die Zellteilung zu kümmern hatte.

Dies hat sie so sehr beschäftigt, dass sie in der Gegenwart immer noch wie von Sinnen war, fuchsteufelswild wurde, wenn sie mitbekam, wie liederlich Menschen mit ihren Pflanzen umgingen.

Anderen Wesen oblag die Sorge um bestimmte Körperarten. Sie betreuten etwa speziell die Hunde- oder die Katzenartigen oder aber Pflanzenwesen, Fische oder Saurier oder Insekten und so weiter.

Vor allem ganze Bienenvölker, Ameisen- oder Termitenstaaten werden auch heute noch von nur einem Wesen, nur einer TAO-Seele, betreut.

Die Unterteilung in männlich und weiblich erschien ziemlich abrupt auf der Bildfläche. Im Zusammenhang mit der Schaffung von Zellteilung blieb nichts anderes übrig, als die zwei Geschlechter zu definieren. Geschlechtlichkeit gehörte schon sehr früh zu den Merkmalen von Leben.

Die Fortpflanzung wurde auf dem „Rad des Lebens" vorrangig immer von einem Mutteraspekt inszeniert.

Der Zyklus einer Lebensdauer vollzog sich dabei von Beginn an als: Zellteilung oder Zellverbindung hin zur Geburt, Fortbestand mit erneuter Fortpflanzung, lebenslanges Sterben bis zum Tode.

Das Sterben ist hier von Anfang an eingeplant. Nicht umsonst heißt es: „Mitten im Leben sind wir im Tode!"

Auch heißt die Natur nicht umsonst "Mutter"; noch ohne einen Vater als direkten Gegenpart zu benennen.

Es waren nämlich hauptsächlich Wesenheiten mit weiblichen Aspektschwerpunkten die sich der Schöpfung des dreizehnten Konstrukteurs annahmen.

Sie verbanden sich auch mit ihm, gingen dabei eine Art Ehe ein.

Ihnen konnte der Dreizehnte sein schönes, hochwertiges Werk leichter schmackhaft machen, weil sie der Ästhetik der unterschiedlichen Körper mehr abgewinnen konnten als die weniger weiblichen Männeraspekte.

Mütter sind daher die Bewahrer und Schützer seiner besonderen Schöpfung.

Göttinnen sind allerdings nicht selten sowohl für den Lebens- als auch für den Todeszyklus zuständig.

Die indische Kali (wörtlich: „Die Schwarze") ist im Hinduismus eine bedeutende Göttin des Todes und der Zerstörung. Aber ihr obliegt auch die fortwährende Erneuerung.

In Griechenland ist Artemis eine Todesgöttin. Sie ist die Göttin der Jagd, somit des Tötens. Zudem ist sie zuständig für Geburt und Wachstum. Sie widmete sich dem ungehinderte Lauf freier Natur.

Im Römischen entspricht ihr die Diana und im Germanischen sind es Dwiannon und die Todesgöttin Baith.

Der Begriff "Mutter" (Lateinisch und griechisch: "mater", was wiederum der Bezeichnung "Matrix" nicht unähnlich ist) hat unter anderem etwas Gemeinsames mit der Vervollkommnung von "Materie", durch dessen Belebung.

Denn Leben vollzog sich, wie bereits erwähnt, im Rahmen der Matrix, die im Geistigen schon lange ihren Ursprung hatte.

Das männliche Prinzip ergab sich geradezu automatisch aus dem "abgespeckten" Weiblichen. Noch heute erscheinen die männlichen Chromosomen gegenüber den weiblichen irgendwie unvollständig.

Deren Form des Y (Ypsilon) wirkt wie eine Ver-stümmelung der X-Form, bei den Frauen.

Die Wesen, die sich der Weiblichkeit nicht anglie-dern konnten oder wollten, wurden zur Verbindung von Brüdern, Vätern oder Patres (lateinisch).

Ich persönlich meine dazu: Damit sind die ur-sprünglichen Geistigen TAO-Wesen gemeint, die sich nicht so einfach und unmittelbar dem dreizehnten Konstrukteur angeschlossen haben.

Denen werden allerdings heutzutage Bedeutun-gen wie Schöpfer, Urheber oder Gründer zugespro-chen.

Ist darin etwa begründet, dass bei der Mehrzahl beispielsweise der Erfinder und bei vielen Kreativen die männliche Komponente überwiegt?

Wichtig zu bemerken wäre unbedingt: Männlich und Weiblich sind weder echte Gegensätze noch sind sie aus uralten Zeiten heraus miteinander verfeindet.

Wir haben uns nur unterschiedlichen Aufgaben und Posten verschrieben. Dadurch ergänzen sich "Mater" und "Pater", beim Erhalt des Universum und im Fortbestand des kosmischen sowie universalen „Großen Spieles".

Die Rollenverteilung ist sowieso immer wieder austauschbar.

So können wir per Spirituellen Rückführungen feststellen, dass im Laufe der Zeit die GeistWandler manchmal Mann und manchmal Frau waren.

Es ist in meiner Laufbahn als Spiritueller Rück-führer kaum vorgekommen, dass sich Wesenheiten ausschließlich auf einen Part festgelegt hatten.

Wir sind nicht umsonst Wandler, in diesem Falle eben Geschlechterwandler.

Mit der Lebendigkeit kam ein weiterer, notwendiger Faktor ins Spiel: Das **Überleben**.

Speziell im Ablauf des Lebensrhythmus sind fressen und/oder gefressen werden von entscheidender Wichtigkeit.

Hierzu gibt es entscheidende Betrachtungs- und Vorgehensweisen im Leben: Von **gelebt werden** zu **überleben**, zu **leben** und zu **erleben**.

Mir wurde beim Anschauen und Bearbeiten dieser Faktoren-Gruppe immer mehr bewusst, wie weit wir uns mittlerweile vom wahrhaft Geistigen TAO entfernt haben.

Während das **Erleben** uns, den TAO-Geistern, noch halbwegs eigen war und ist, wurde der Abstieg, hin zum fremdbestimmten Gelebtwerden, unser Verhängnis.

Erleben war weitgehend wertfrei und diente im frühen, geistig zu nennenden Dasein unserem ästhetischen Vergnügen. Wir wandelten, im wahrsten Sinne des Wortes, spielerisch und mit gelebter Leichtigkeit durchs Spielgeschehen.

Ohne jede Angst, übermäßigen Schmerz, Zorn und Wut oder ähnlich negativen Gefühlsregungen gaben wir uns dem Spielaufbau hin. Wir erlebten alles ohne erdrückende emotionale Beteiligung.

Im Erleben nahmen wir jegliche Erfahrung einfach und völlig wertfrei auf, um sie dem morphischen Feld beizufügen. Es gab weder positiv noch negativ, weder das Gute noch etwas wirklich Böses.

Das Erleben hatte ebenso wenig überwältigende Bedeutung wie das Sterben oder der Tod.

Erst im Thema **Leben** erwuchsen verschiedene zusätzliche Belastungen in den Gefühlsregungen. Das Leben machte uns klar, dass uns etwas fehlen könnte.

Mit der Betrachtung lebendigen Daseins ahnten wir die Vielfalt, die uns anscheinend oder angeblich noch zur Verfügung stand. Allerdings konnten wir nicht alles auskosten, was uns irgendwie unzufrieden werden ließ.

Je mehr wir uns selbst auf das „Rad des Lebens" banden, umso heftiger und intensiver eröffnete sich uns die emotionale Bandbreite. Leben wurde geradezu zu unserer ersten Sucht.

Umso schwieriger, verlustreicher wurde eine erzwungene Trennung davon. Das Todesdilemma erzeugte eine zwanghafte Verbundenheit. Das Verlustgefühl breitete sich zunehmend aus.

Während wir anfangs die Körpereinheiten lediglich von außerhalb begleiteten, wie wir es bei der Übernahme der Invasoren bereits gewohnt waren, identifizierten wir uns mehr und mehr mit dem Körperlichen.

Bis zum heutigen Tage, an dem viele Leute doch tatsächlich meinen, nicht Körper zu haben sondern ihre Körper zu sein.

Das **Überleben** wurde sodann zu unserem Gefängnis des Müssens. Indem wir nämlich anfingen mit den Körpern, welcher Art auch immer, Mitleid zu haben, übernahmen wir auch die Verantwortung für deren Überlebensfähigkeit.

Zum Überleben gehört/e sowohl die Erhaltung des Einzelwesens per Ernährung als auch durch Verteidigung. Darüber hinaus bedarf es der Erhaltung der Art mittels Fortpflanzung.

Eigentlich hätten wir uns locker zurücklehnen und den Lebewesen einfach beim Überleben zusehen können.

Statt dessen entwickelten wir den Verstand unserer Lebenseinheiten weiter, damit dieser besondere Strategien austüfteln konnte.

Über die ursprünglichen, den Lebewesen eigenen Maßnahmen hinaus: Totstellen, Flucht und Abwehr, entstanden aus dem Denken heraus Überlegungen zu Schutz- und Angriffstechniken, zum Fallenstellen, zu raffinierten Ernährungsweisen und vielem mehr.

Das Überleben ist zudem der Nährboden für Notwendigkeiten, was einfach heißt: In der Not wendig sein!

Für Wandler sollte dabei keinerlei Problem entstehen dürfen. Als Geistige Wesen sind wir sicherlich jederzeit wandlungsfähig und wendig genug.

Doch wir haben die Rechnung ohne den Wirt gemacht. Dieser Wirt ist eigentlich ein Gast: Unser analytischer Verstand.

Der Verstand wurde von uns Geistwesen für jedwede Lebenseinheit geschaffen, im Anklang an die Akasha-Chronik oder das morphische Feld.

Er sollte unserer Entlastung dienen. Er sollte einfach Daten sammeln, sie speichern, sie auswerten, und über Probleme nachdenken. Dazu musste er diese auch fiktiv erstellen können und Lösungen dafür finden.

Zu unserer aller Leidwesen erarbeitete sich dieses energetische Konstrukt eine uns fast gleichwertige Machtposition.

Ihm gelang es sogar (und gelingt es immer wieder aufs neue) die Problemstellungen, die er nur per Denkansatz zur Lösung bringen sollte, real werden zu lassen und den Körpern aufzubürden. So bewegt er sich selbst und schiebt er die ihm anvertrauten Körper von Problem zu Problem durch die Zeit.

Die Schwierigkeiten bestehen darin und blasen sich immer mehr auf, dass er nicht sogleich eine Lösung parat hat, bevor sein Schützling das Zeitliche segnet, was heißt: stirbt.

Auf diese Art und Weise ziehen sich solche offenen Zyklen durch die verschiedenen Leben der vergänglichen Körper, während der energetische Verstand natürlich nicht mit ihnen stirbt.

Bei einer Menge Spiritueller Rückführungen lieferte der Verstand genau diese alten, ungelösten, dramatisch gewordenen Probleme, um sich im Verlaufe der Maßnahmen einen Lösungsweg erarbeiten zu können.

Sobald Lösungsmöglichkeiten gefunden werden konnten, ging es dem Konstrukt gleich viel besser.

So manche emotionale oder körperliche oder soziale Belastung verschwand innerhalb kürzester Zeit. Dies obwohl sich unser Denkmechanismus zuvor viele, viele Lebenseinheiten lang damit herumschlagen musste.

Übrigens: Ohne das Dazutun von Menschen oder den Menschen ähnlichen Wesen (insbesondere deren anhängendem Verstand) gäbe es auf Erden sowie im Universum nicht ein einziges Problem.

Denn: Reine Natur, mit ihrer morphisch hinterlegten Chronik, kennt nur Abläufe, ohne die abwägenden Betrachtungen von richtig oder falsch.

Strategische Wendigkeit in Notsituationen ist die Spezialität eben dieses Verstandes.

Seine Problemstellungen, die wir ohne ihn ganz sicher nicht hätten, veranlassen das Gesamtsystem zu Winkelzügen der seltsamsten Art.

Früher haben wir GeistWandler darüber noch humorvoll hinwegsehen können.

Mittlerweile fühlen wir uns dem System aus Körper und Verstand und ... gegenüber so verbunden, dass wir uns als TAO-Seele zwangsläufig zuordnen lassen.

Körper, Verstand und Seele bilden für alle ganzheitlich helfenden Heiler eine Einheit. Dieser ganzheitliche Ansatz zu jeglicher Art von Heilungsprozessen ist eine analytisch geprägte Forderung. Dreimal dürft Ihr raten von was oder von wem.

Vom Verstand, der ein ständiger Erzeuger von Problemen und von Zweifeln ist, an sich selbst sowie sogar an den Wandlern.

Der Zweifel gehört offenbar zu seinem analytischen Denken. Indem die Dinge nämlich erst einmal in Zweifel gezogen werden, vollziehen wir vorgeblich lösungsorientierte Schritte aus einer These zur Antithese und schließlich zur Synthese.

Erst das Zerlegen sowie das wieder Zusammensetzen nach irgendwie anderen Gesichtspunkten, bringt, wie es uns unser schlauer Verstand erklärt, Lösungen zustande.

Ein wahrhaft genialer Schachzug des überlegenden, angeblich überlegenen Denkens.

Jetzt kann ich mir erklären, warum das Denken des Verstandes oft eine unbestimmt lange Zeit benötigt, um eine problematische Angelegenheit zum Abschluss zu bringen. Das Konstrukt scheint offenbar einfach überlastet!

„Noch einmal (oder mehrmals) darüber schlafen zu müssen.", gibt unserem Denkkonstrukt Zeit zur Verarbeitung.

Damit bleibt allerdings die verspielte Spontaneität des Geistwesens, unsere ursprüngliche Entscheidungsfreude, auf der Strecke.

Mir hat sich deutlich gezeigt, der Verstand, dieses Hilfsmittel zum Denken, ist erstens nicht wir selbst, zweitens lässt es uns das Leben als zäh, langwierig, bestenfalls langweilig erleben und drittens versucht es sich über uns zu stellen, uns aus dem lebendigeren Erleben zu verdrängen.

So ist es kein Wunder, wenn in mehreren mystischen Schulen, sowohl des Okzident als auch des Orient, verlangt wird: „Schaltet Euren Verstand ab. Verlasst Euch einfach nur auf Eure Intuition."

Deshalb werden beispielsweise Meditations- und Trancepraktiken geübt und vollzogen. Es geht hierbei immer darum, dem analytischen Denkmodus des Verstandes ein Schnippchen zu schlagen.

Sobald allerdings Drogen zum Einsatz kommen, wie bei einigen Tranceriten üblich, ist das Ergebnis höchst fragwürdig.

Hin zum **Gelebtwerden**, einem fremdbestimmten Dasein mit unklarem Bewusstsein, vollzog sich ein extremer Schritt, weit weg von TAO, dem Geist-Wandler.

Bisher kannten wir in unserem Weltbild noch keine gravierende Unterscheidung von Gut oder Böse. Noch ging es lediglich um Kreativität und die Attribute des Lebens beziehungsweise um Notwendigkeiten beim Überleben.

Der Grundstock für Gut und/oder Böse wurde erst gelegt, als sich Wesenheiten anmaßten höher zu stehen, schöner oder stärker oder ... zu sein als ihre Mitwesen.

Diese Anmaßung ist ein Produkt das sich aus dem Überlegenheitsdenken heraus entwickelte.

Hier spielt das vergleichende Denken des Verstandes eine entscheidende Rolle.

Puh, als es mir gelang hinter diese Kulisse zu blik-
ken, wurde mir vieles bewusst, was besonders den
Menschen und Menschenähnlichen im Laufe der Zeit
widerfuhr.

Das gesamte karmische Gitternetz, in dem wir
uns verfangen haben, ist ein Produkt jenes energetisch konstruieren Denkmechanismus, unserem eigenen Verstand sowie dem, der auch anderen intelli-
genten Lebensformen anhängt.

Zu Intelligenzen zähle ich übrigens auch verschiedene Lebewesen, die wir gemeinhin als „Tiere" ab-
tun. Dazu zähle ich nicht nur Affen, Delphine und
Wale, sondern auch noch viele andere Lebensformen.

Die weitere Auswahl überlasse ich jedem Einzelnen meiner Leser.

Sooft und solange wir TAO-Wesen mit der Denkweise unseres Verstandes übereinstimmen, werden
wir dem selbst gestellten Fallensystem des Lebens
erliegen.

Aber, und jetzt wirkt das Ganze wieder tröstlich,
auch dieses Konstrukt kommt nicht von ungefähr.

Offenbar haben wir an irgendeinem Punkt unseres Daseins beschlossen, Probleme haben zu müssen
und sogar Offensichtliches anzuzweifeln.

Spielfaktoren, Spielfaktoren, Spielfaktoren! Alles
sind einfach nur Bestandteile, die den Spielaufbau interessanter machen sollen.

Das "Große Spiel", das wir niemals als solches aus
den Augen verlieren dürfen, lässt uns nicht einfach
machen, was wir jetzt gerade wollen.

Unsere eigenen, selbst erarbeiteten Regeln, mit
denen wir so ziemlich alle übereingestimmt haben,
halten uns gefangen.

Entscheidend ist: Wir müssen die Spielregeln erneut erkennen, können sie somit entweder akzeptieren oder uns um neue bemühen.

Denn, eine übergeordnete Regel lautet: Als Geistige Wesen sind wir immer auch selbstbestimmt.

Als Wandler haben wir die Größe und die Macht, uns über das kleinliche Denken des Verstandes hinwegzusetzen, ihm leicht und locker Paroli zu bieten.

Die Formel zur Befreiung könnte beispielsweise lauten: „Keine Übereinstimmung mit dem derzeit stattfindenden, idiotischen Spielgeschehen von Gelebtwerden und Überleben. Ich finde nur das Erleben und das Leben mit all seinen Facetten einfach faszinierend."

Mit dieser konsequent angewandten Betrachtungsweise erlischt speziell das Gelebtwerden durch andere. Wir stimmen nicht mehr mit den unterdrückerischen Maßnahmen überein, die uns klein machen sollen.

Die alte Formel von Machiavelli, dem florentinischen Staatsphilosophen: „Teile und herrsche!", soll, nach meinem Verständnis, in der Neuzeit die Bedeutung erlangen: „Teile mit anderen, sei also großzügig freigebig und herrsche dadurch über Deine eigene Gier und Deine Begierden."

Leider werden die Worte bei etlichen Politikern ganz anders gedeutet, nämlich in: „Zerteile und beherrsche!"
Dies ist vermutlich das, was Machiavelli tatsächlich auch ausdrücken wollte. Immerhin war er der Berater von machtbesessenen Herrschern.

So werden zu allen Zeiten große, starke Gemeinschaften zersplittert und von „Maulwürfen" untergraben. Zwietracht wird gesät, damit sich auch die kleineren Gruppierungen noch gegenseitig zerfleischen. Die immer kleiner werdenden Teile sollen dann leichter zu beherrschen sein.

So agierten und agieren, von der Vergangenheit bis zur Gegenwart, Kaiser, Könige und andere Herrscher.

Meine Überlegung geht sogar soweit, zu vermuten, dass in der Neuzeit, mit Beginn der industriellen Revolution, die Familienstrukturen aufgerissen werden sollten.

Die Familien werden über die Lande hinweg verstreut. Kleinere Familien sind nämlich instabiler als Großfamilien. Die Unterstützung durch Großeltern und weiteren Verwandten fällt weg. Ganz zu schweigen von der fehlenden Anbindung an die Ahnen.

Besonders empfindlich ist das Single-Dasein. Das beweisen Selbstmordstatistiken, die vor allem bei alleinstehenden Männern über dem Durchschnitt liegen. Auch die psychiatrisch zu behandelnden Fälle sind bei den Singles überdurchschnittlich hoch.

Dafür ist ein Single nachweislich sehr viel leichter von Werbung und anderen psychologischen Tricksereien zu beeinflussen.

So zielen nicht nur die konsumorientierten Marketingmaßnahmen sondern auch die politischen Beeinflussungen speziell in Richtung der Singlemenschen.

Die Machtgelüste der Teilenden treiben ganz offensichtlich Blüten.

Doch jetzt nochmals zurück zur Erschaffung von Lebendigem.

Das experimentelle Spiel mit Sonnen und Planeten war zwar auch nicht schlecht aber der Umgang mit dem vergänglichen Leben reizte doch sehr viel mehr.

Zum Leidwesen alles Lebendigem gingen wir zu Beginn nicht sehr pfleglich mit ihm um.

In den Körpern wurden zu Beginn vielfach nur Manövriermassen gesehen, mit denen man nach Belieben experimentieren konnte.

Die Wandler schickten ihre Lebenseinheiten in schier ausweglose Situationen, nur um herausfinden zu wollen, wie wenig widerstandsfähig sie sein konnten. Körper von Felsen stürzen zu lassen war noch der geringste der vielen Tests.

Erst als der 13te Konstrukteur einschritt und seine Schöpfung verteidigte und zu schützen begann, war die Zeit des ersten Sturm und Drang vorüber.

Die Geistigen Wesen spielten sich dennoch gern als das auf, was sie den Lebendigen gegenüber nun einmal waren, als Götter.

Vor allem als sich mehr und mehr die Menschlichen herauskristallisierten, wurde das Spielverhalten der Geistwesen schon wieder brutal.

Sie spielten Krieg und Frieden, testeten auch hier aus was Fleischkörper alles aushalten konnten und spielten: "Fang den Geist!"

Über die willigen Fleischlinge lockten sie sich tatsächlich gegenseitig in Fallen, in denen etliche noch heute festsitzen.

Sie versäumten es nämlich, zugleich Methoden zu entwickeln wie man solche Fallen wieder öffnet und unschädlich macht.

Die Aspekte von Geistigen Wesen, Wandler der vierten oder fünften Generation, waren nicht mehr die Engelsgleichen einer weitaus früheren Ära.

Im Gegensatz zu diesen „Engeln" hatte die fortschreitende Individualisierung auch weniger schöne Ausprägungen hervorgebracht.

Die Gottheiten bildeten beispielsweise Clans, bestehend aus männlichen und weiblichen Mitgliedern, denen spezielle Aufgaben zugewiesen wurden.

Sie mischten sich nicht nur unter die Körpereinheiten, sondern sie mischten sich auch ein, wenn die von ihnen geführten Fleischkörper aus dem Ruder schlugen.

Diesen Göttern machte es tatsächlich nichts aus, nach eigenem Ermessen, einer Fleischkörper-Ära ein radikales Ende zu setzen, das Spiel mitsamt dem Spielfeld und den Figuren zu vernichten.

Die Zweigeschlechtlichkeit hatten sie sich vom Lebensmaterial abgeschaut.

Wobei nicht ausgeschlossen war, dass sie auch mit anderen Varianten experimentierten.

Die Lebensprozesse machten dies entweder vor oder schließlich nach.

Einige Gottheiten waren bei den Versuchen erfolgreicher als andere und taten sich geradezu als Stars unter den Göttern hervor.

Das änderte sich aber bald, nachdem viele Geistwesen mitbekamen was möglich war. Andere initiierten selbst und verbesserten sogar bereits vorhandenes Ideengut.

Auf diese Art und Weise zog technisches Konkurrenzdenken in unseren geistigen Kosmos sowie ins physikalische Universum ein.

Wir universal operierenden Geister kombinierten das Wissen, der die Technik beherrschenden Invasoren, mit unserem ureigenen schöpferischen Können.

In diesem Zeitabschnitt wurde auch der Verstand konzipiert. Er entstand als ein energetisch funktionierendes Konstrukt. Er sollte die Lebenseinheiten selbstbestimmt übernehmen können, uns damit Freiraum für immer bessere Schöpfungen verschaffen.

Es entstanden Zivilisationen mit einer wunderbaren oder verwunderlichen Artenvielfalt.

Pflanzenartige Lebensformen entwickelten hier ebenso Intelligenz wie Fischlebewesen, Insektenartige, Reptiloiden, Vogelartige oder ... dem Menschen ähnliche Wesen.

Die breite Palette des Lebens im Universum ließe sich beliebig erweitern.

Sogar im Mineralreich finden wir intelligente Lebensformen. Allerdings ist deren Zeitablauf und deren Verständnis von Zeit mit dem unseren nicht so ohne weiteres kompatibel.

Auch die Pflanzenartigen leben teilweise in anderen Rhythmen.

Mittlerweile wundere ich mich nicht mehr darüber, dass sich die aufrecht gehende Form mit einem Rumpf, nur einem Kopf, zweier Arme mit Händen und Fingern sowie zwei Beinen mit Füßen am weitesten verbreitet hat.

Wie bereits erwähnt war dies die Grundmatrix, derer sich die Geistigen Wesen schon länger bedienten, wenn sie sich selbst in Geistkörpern darstellten.

Jene Leute mit materiellen Körpern konnten diese Verkörperungen von GeistWandlern jedoch nur diffus wahrnehmen. Zumal sich deren Wahrnehmung nur in sehr engen Spektren abspielte.

Besonders die meisten Götter der neueren Zeit nutzten diese Form, um ihren Fleischlingen ähnlich zu sein. Sie wollten sie nicht zu sehr erschrecken. Jedoch gab es auch hier immer wieder Ausnahmen.

Das Spielgeschehen der Götterfamilien erstreckte sich über alle Sektoren im Universum beziehungsweise in den einzelnen Galaxien. Sie spielten gewaltig große Spiele mit überwältigend vielen Möglichkeiten.

Mit ihren körperlich Lebendigen bildeten sie Einheiten von riesigen Ausmaßen. Sie bevölkerten Planeten, Monde und sogar Sonnen.

Auf den Sonnen nutzten die GeistWandler allerdings keine Fleisch- oder Pflanzenkörper oder dergleichen, sondern feurige Wesenheiten mit ganz anderen Fähigkeiten.

Das Erleben der Körperlichen war für die Wandler, jetzt als die Götter aktiv, ungeheuer anziehend. Sie beobachteten die von ihnen betreuten Körper nicht nur. Sie versuchten auch deren Lebensfunktionen zu erleben oder sie zu kontrollieren.

Vor allem die Fortpflanzung faszinierte immens. Das war etwas, was ihnen bislang völlig fremd war.

Die Wandler-Götter integrierten sich immer öfter in die materiellen Körpereinheiten, wenn diese Sex durchlebten.

Die elektrischen Impulse und wellenartigen Erlebnisse bei den Orgasmen wurden für Geistwesen außerordentlich anziehend.

Daran orientierten sie sich auch über die Zeiten hinweg, wenn es darum ging Leben zu beseelen.

Sobald dieses Signal aus dem Feld der Lebewesen wahrnehmbar wurde, weckte es immer öfter das Interesse Geistiger Wesen.

Unmittelbar darauf oder dabei kam dann die Verbindung zu neuen Körper zustande. Eine TAO-Seele mit einem anhängenden, mehr oder weniger fähigen Verstand ordnete sich dem Paar zu, das die Absicht signalisierte ein Kind zur Welt zu bringen.

Dieser Vorgang hat sich bis zum heutigen Tage kaum verändert. Heute spielt lediglich zusätzlich das karmische Netzwerk eine nicht unerhebliche Rolle.

Die im geistigen Kosmos sowie im physikalischen Universum herrschenden Anziehungskräfte aus Liebe und/oder Hass erzeugen ein weiter und weiter ausgespanntes Netz.

Auf diese Art und Weise treffen sich Leute immer wieder und machen sich gegenseitig das Leben schwer (oder leichter).

Übrigens muss keineswegs das Kind seine Eltern aussuchen. Es können hier ganz andere Möglichkeiten und Wahrscheinlichkeiten aktiv werden.

Das Karma bezieht sich nämlich nicht nur auf Familienbande sondern ist durchaus auch im Freundes-, Bekannten- oder im Arbeitskreis wirksam.

Gesetzte Ursachen und darauf folgende Wirkungen, was Karma ursprünglich bedeutete, haben mehr Strahlkraft, als wir uns derzeit vorstellen können.

Eine Auflösung von karmischen Wirkungsweisen ist dennoch jederzeit möglich. Vor allem durch Liebe, bedingungslose Liebe ohne jeden Zweifel, ist in der Lage das karmische Netzwerk zu zerreißen. Die einmal gesetzte Ursache greift nicht mehr, wenn bewußt Vergebung in Liebe geübt wird.

Als Druide des TAO muss ich in diesem Zusammenhang ganz einfach wieder auf Spirituelle Rückführungen hinweisen.

Wir als Spirituelle Rückführer sind nämlich unter anderem darauf spezialisiert karmische Verflechtungen zu finden und dann ganz selbstverständlich auch aufzulösen.

Unser Freund Buddha hat erkannt: „Das Karma ist lediglich ein Betrachtungsmoment von Schuld, ohne wirkliche Dauerhaftigkeit."

Nur wir selbst machen es uns schwer und erhalten die Verbindungen aufrecht. Es ist ganz leicht lösbar, wenn wir nicht mehr mit seinen offenbar scheinbaren Folgen übereinstimmen.

Jetzt muss ich ganz schnell noch die offizielle Definition für „Karma" nachschieben, sonst könnte es schlimme Missverständnisse im Verstehen geben und wir würden womöglich aneinander vorbeireden:

"Karma" kommt aus dem Sanskrit: karman, und bedeutet "Rad". Das Karma (Pali: kamma = Wirken, Tat) bezeichnet zudem ein spirituelles Konzept (es gibt etliche ähnlich klingende Konzepte, je nach der Zugehörigkeit zu Religionen oder zu Philosophien), nach dem jede physische wie geistige Handlung unweigerlich eine Folge hat.

Diese muss nicht unbedingt im aktuellen Leben wirksam werden, sondern kann sich möglicherweise erst in einem der nächsten Leben manifestieren.

Das Karma zwingt uns demnach, immer und immer wieder zu inkarnieren, um die Problemstellungen, die wir uns selbst geschaffen haben, endlich alle aufzulösen. Jede neue Inkarnation soll aus dieser Betrachtung heraus eine neue Möglichkeit des Lernens sein.

Wir werden so immer wieder mit den noch unbewältigten Problemen oder Herausforderungen konfrontiert. Bewältigung bedeutet dabei, dass man den auftretenden Situationen nicht ausweicht, sondern sie annimmt und löst.

In den Religionsfiktionen von Hinduismus, Buddhismus und Jainismus versteht man unter dem Karma die Abhängigkeit vom Schicksal, einer Ansammlung von Erlebnissen aus früheren Inkarnationen, bei der man durch ein Tun, Handeln oder Werk eine Veränderung bewirken können soll.

Karma entsteht in deren etwas unterschiedlichen Systemen durch eine Gesetzmäßigkeit und nicht infolge einer Beurteilung durch einen Weltenrichter oder Gott. Es geht hierbei weder um „Göttliche Gnade" noch um „Strafe".

Nicht nur „schlechtes" Karma erzeugt den Kreislauf der Wiedergeburten, sondern gleichermaßen das „gute" Karma.

Letztes Ziel ist es darum, überhaupt kein Karma mehr zu erzeugen.

Erst, wenn zum Zeitpunkt des Todes das Karma von der Seele abfällt, so erreicht sie die endgültige Befreiung von erneuter Wiedergeburt.

Sie steigt, entsprechend dieser Betrachtungsweisen auf, in den obersten Bereich am Scheitelpunkt des Kosmos, um dort für immer in ruhiger Seligkeit zu verharren. Damit kehrt die Seele nie wieder in den Kreislauf zurück.

Soweit die nicht ganz deckungsgleichen Vorstellungen in Buddhismus, Hinduismus und Jainismus.

Das Ziel von TAO ist entsprechend ähnlich. Ich meine in diesem Zusammenhang nur am Rande den irdischen Taoismus. Obwohl es auch in dieser Religionsform darum geht, dem „Rad des Lebens" ein Schnippchen zu schlagen.

In TAO gelten einfach die Gesetze von Ursache und Wirkung. Der Schuldgedanke entfällt völlig und die Lösung für die karmischen Verflechtungen sieht auch ganz anders aus.

Der Ausstieg aus dem „Großen Spiel" des geistigen Kosmos, des physikalischen Universum sowie des Lebens gelingt nur als insgesamter, gemeinschaftlicher Akt.

Nur die allgemein gültige, bedingungslose Fähigkeit zur Liebe erhöht uns über die Gesetzmäßigkeiten des „Großen Spiels".

Nur bedingungslose Liebe löst die karmischen Verkettungen aus Liebe und/oder Hass vollständig.

Einzelwesen bleiben dem Spielgeschehen dennoch so lange zugeordnet bis letztlich die hochwertige Erkenntnis zur gegenseitigen Hilfe für alle Wesen Geltung erlangt. Dann wird dem witzlos gewordenen Spiel ein Ende bereitet.

Das Streben nach Menschlichkeit und Menschenwürde ist ein erster Ansatz in die richtige Richtung.

Doch ich will nicht zu weit vorgreifen. Noch sind wir im Spielgeschehen, noch haben wir erst einmal nach den Spielregeln zu tanzen, die wir uns zumeist (un)freundlicherweise selbst auferlegt haben.

Die Anziehungskräfte von Körpern nahm uns unsere Göttlichkeit. Wir verwoben uns mehr und mehr mit den Emotionen dieser lebendigen Zellverbände.

Ich spreche hier absichtlich nur bedingt von den Menschlichen. Denn wir hatten schließlich die Auswahl, aus noch viel mehr möglichen „Wirten".

Indem wir uns selbst und unsere nachgeordneten Spielfiguren, die Körperlichen, zu Gruppierungen zusammenschlossen, schufen wir Geistigen Wesen Partnerschaften sowie Gegnerschaften, also Mannschaften.

Wir entwickelten die Spielfaktoren für **„Gut"** und **„Böse"**. Die ersten, wichtigsten Faktoren hierfür waren Schuld und Sühne.

Mit entsprechenden Schuldzuweisungen begann so manche Fehde.

Herausforderer warfen gewissermaßen schon zu frühesten Zeiten ihren Gegenspielern den Fehdehandschuh vor die Füsse. Hoben diese ihn auf, nahmen sie die Kriegserklärung an. Der Kampf oder die Schlacht konnte beginnen.

In solchen Fällen führten dann die Göttlichen Wesenheiten mit wachsender Begeisterung ihre körperlichen Truppen ins Feld.

Sie selbst betraten erst dann den Schauplatz, wenn sie unbedingt wissen wollten, wie es sich anfühlte zu siegen oder auch ob sie eine Niederlage verkraften konnten.

Ansonsten steuerten die Götter ihre Helden entweder gegeneinander oder in irgendwelche Abenteuer hinein. Sie erfreuten sich an deren Gefühlsregungen als wären es ihre eigenen.

Das schon erwähnte „Fang den Geist"-Spiel ermunterte die Körperlichen dazu ihren eigenen Götternfamilien dienlich zu sein und dafür den gegnerischen Göttern ihre Macht zu zeigen.

Zudem konnten die Körpereinheiten jetzt ein wenig Rache nehmen. Was ihnen, den anfänglichen Vertretern des Lebens, vor Zeiten von Geistigen Wesenheiten angetan wurde sollte gesühnt werden.

Jetzt experimentierten sie im Gegenzuge, mit der „offiziellen" Unterstützung ihrer eigenen Götter, wie sie sich revanchieren konnten.

Die Lebensmatrix konnte insgesamt ganz schön nachtragend sein.

Jedenfalls war die gespeicherte Erinnerung daran, dass Geistwesen mit ihnen überaus grausam oder zumindest unachtsam umgegangen waren sehr tief verwurzelt.

Vielleicht resultieren daraus auch heute noch die ablehnenden Gefühle gegenüber dem Psycho-Geist-Verstand. Immerhin versucht er allzu oft, als hochmütiger Ableger des Geistigen, den Körper hinterhältig zu manipulieren.

Damals wurden die Körperlichen mit zwei sehr wirkungsvollen Waffen ausgestattet: Mit dem Elektroschocker gepaart mit dem Magnetpfahl.

Die Geistigen Wesen wurden (wieder einmal!) elektrisch in Verwirrung gesetzt, zum Magnetpfahl getrieben und dort angeheftet.

Es war, als hätten die GeistWandler nicht allzuviel dazu gelernt. Denn je mehr sie sich dagegen wehrten, umso heftiger wurden sie an den Pfahl gezogen.

Und das schlimmste war: Es gab kein Gegenmittel. Das hieß, die erfolgreichen Körpereinheit fingen Geist um Geist, von jeder der Krieg spielenden Seite mehr und mehr. Diese blieben an den Fallen haften, viele Jahrzehntausende lang.

Erst als sie aufgaben sich zu wehren, ihre Kräfte gewissermaßen erlahmten, glitten sie wie erschöpft vom Pfahl und waren plötzlich wieder frei. Wer hätte das gedacht!?

Elektrizität und Magnetismus wurden für die GeistWandler im Laufe der Zeiten immer wieder einmal zum Verhängnis.

Es war, als würden die Geistwesen einem hintergründigen Plan (einem Spielplan?) folgen, der sie von Zeit zu Zeit außer Gefecht setzen sollte.

Sogar heute werden Frei- und sonstige -Geister elektrischen Behandlungsmethoden ausgesetzt.

Damit sollen sie vorgeblich irgendwie geläutert werden oder so ähnlich.

In der Neuzeit werden sie auf diese Art und Weise zu Opfern von „Geist-Heilern".

Die Körpereinheiten entwickelten mit Hilfe ihrer Geistführer eine Macht, derer sich andere Geister ohne entsprechendes Gefolge kaum erwehren konnten. Wenn wir jetzt noch daran denken, dass Körper, egal welcher Art, sowohl von den Aspektanteilen des 13ten Konstrukteurs als auch von den TAO-Seelen geführt werden, brauchen wir uns über diese ihre Power nicht wundern.

Das einzige Manko, das sie aufwiesen war ihre Verletzbarkeit bis hin zur Vergänglichkeit und die damit verbundenen, negativ zu nennenden Emotionen, die besonders dem Verstand zu schaffen machten.

Im Verstand nisteten sich dadurch, zusätzlich zu der bereits genannten Problematik, Denkviren ein.

Diese „Verunreinigungen" des Denkens äußerten sich und äußern sich immer noch im Wirken eines Reiz-Reflex-Reaktions-Mechanismus.

Dieser Mechanismus springt immer dann völlig unkontrolliert an, wenn eine Situation auftritt, die irgendeinem alten Geschehnis ähnelt.

Ein Reiz beziehungsweise die Restimulation eines Reizes löst dabei den Reflex aus.

Ohne großartige Überlegung, der Verstand wird regelrecht umgangen, fast schon ausgeschalten, geschieht die Reaktion, die zumindest der alten Situation gerecht wurde.

Dies muss aber nichts, ganz und gar nichts, mit dem Geschehen der Gegenwart zu tun haben.

Verrückt wird das Ganze, wenn die urplötzliche Reaktion, in der Gegenwart etwas in Gang setzt, was das Leben sowie das Überleben hier unnötig erschwert oder gar gefährdet.

Ich will dies mit dem folgenden, einfachen Beispiel ein wenig deutlich machen:

Angenommen ein Körperwesen hat sich an einem heißen Ofen die Finger verbrannt.

Solange der Verstand die Erkenntnis darüber hat, dass der Ofen auch erkalten kann und dann total ungefährlich ist, so lange kann jemand mit dem Ding völlig unproblematisch umgehen.

Sobald aber der Körper dies in seinem Reiz-Reflex-Reaktions-Mechanismus abgespeichert hat und sich eine Restimulation einschaltet, wird der Ofen quasi verteufelt.

Die Person wird sich auch vor kalten Ofenplatten fürchten. Auch mit Feuer im Allgemeinen, ob Kerzen oder Lagerfeuer oder …, wird sie sich fortan ausgesprochen hart tun.

Jeglicher Ofen wird dauerhaft als verletzend eingestuft und ein Kontakt wird vermieden.

Ähnlich verhält es sich mit Phobien der verschiedensten Arten.

Die Angst vor Spinnen, Schlangen oder anderen Tierchen und vor den unterschiedlichsten Gegenständen gehört in den seltensten Fällen in die Gegenwart.

Nicht jede Spinne oder Schlange ist im Hier und Jetzt gleich eine Gefahr. Wenn dies einmal sein sollte, dann ist es sowieso eher angebracht situationsbedingt zu reagieren, als ausgerechnet mit der unfähig machenden, überkommenen Angst.

Aus Spirituellen Rückführungen weiß ich, dass allerlei Ängste immer im Zusammenhang mit einer Kette wesentlich früherer Situationen zu sehen sind.

Ich kann nie sagen wie tief das erste der alten Geschehnisse in der Vergangenheit vergraben liegt, wie weit die Ursache dafür zurückliegt.

Sicher ist jedoch: Durch eine unkontrollierbare Restimulation kann dieses Ereignis jederzeit im Jetzt Unheil anrichten.

Indem nur eines oder eine ganze Kette von Angst machenden Erlebnissen gehoben und dabei energetisch entlastet werden, verschwinden die undefinierbaren Ängste so fix, als wären sie nie gewesen.

Ich hatte einen Hilfesuchenden in Spirituellen Rückführungen, der wurde als Germane in einem der Kriege gegen die Römer niedergestochen und starb noch auf dem Schlachtfeld.

Voller Enthusiasmus bekam er irgendwie nicht so recht mit, dass sein Körper eigentlich schon tot war. Er kämpfte daher unverdrossen einfach weiter.

Dieses Weiterkämpfen der alten Kriegssituation veranlasste ihn dazu, in seinen Folgeleben überall mögliche Gegner zu sehen und diese dann tatsächlich zu attackieren.

So hätte er in der Gegenwart beinahe seinen Job verloren, weil sein Chef Ähnlichkeit mit dem Kerl hatte, der ihn einst umgebracht hatte.

Glücklicherweise kam der Gute zu mir und ließ sich helfen.

Er durfte erkennen: Sein Chef war heute ein ganz anderer. Obwohl er tatsächlich derjenige war, gegen den er damals kämpfen musste.

Aber im Verlaufe der Sitzung schloss er endlich Frieden, sowohl mit der anderen Person als auch mit dem Ereignis.

Genau so gut hätte der Chef auch nur eine entfernte Ähnlichkeit mit dem Römer haben können oder er hätte auch nur eine Stimme, eine Farbe oder eine Form von damals in Restimulation bringen müssen, um als möglicher Feind dazustehen.

Auf diese Arten und Weisen entstehen gefühlte Sympathien und/oder Antipathien.

Sobald sich so ein „Virus" eingeschlichen hat, ist das Denksystem des Verstandes in Gefahr nicht mehr analytisch arbeiten zu können.

Ihr könnt sicher sein: im System des Verstandes finden sich eine ganze Menge davon.

Der Virenbefall kann, wie bei Computerviren, den Zusammenbruch des gesamten Systems, also von Verstand plus Körper, bewirken und die TAO-Seele regelrecht hinauskatapultieren.

Die Folge ist dann häufig der Tod, was nun wirklich nicht sehr überlebensfreundlich ist.

Per Spiritueller Rückführungen sollte daher immer wieder einmal ein „Antiviren-Scanprogramm" ablaufen dürfen.

Wir Druiden des TAO können uns glücklich schätzen, im Alt-Atlantischen System, das wie wir wissen Atalant hieß, die Methode der Spirituellen Rückführungen empfangen zu haben.

Wir sind allerdings überzeugt: Im weiten Rund des Universum arbeiten noch andere Wesen damit.

Die Zielsetzung ist: Uns alle zu wecken und wieder auf den Stand von geistig freien, erschaffenden GeistWandlern zu bringen.

Hier nochmals, aus einem etwas anderen Blickwinkel, der Verlauf in unsere Gefangenschaft:

Die Geistwesen haben sich immer mehr mit den Körperlichen verbunden. Deren Emotionalität wirkte so überwältigend anziehend, dass wir uns der Faszination nicht erwehren konnten.

Wir traten in ihr Spielgeschehen ein wie in ein Computerspiel, nur noch viel unmittelbarer und voller Inbrunst.

Wir wurden zu einem nicht unwichtigen Teil von „Körper+Geist+Seele".

Die Beseelung des Ganzen wurde zu unserer Aufgabe. Damit schnappte die Körperfalle vollends zu.

Der Verlust unserer Fähigkeiten machte sich insbesondere dadurch bemerkbar, dass unsere Individualität als frei agierendes Geistiges Wesen auf ein Minimum herabgesetzt wurde. Jetzt war unser Sein auf diese unselige Kombination reduziert.

Nichts mehr mit: Nur von außen zuschauen können, wenn das Lebewesen stirbt. Unser eigenes Erleben identifizierte sich immer mehr mit dem Rad des Lebens. Es rutschte auf die Ebene des Überlebenskampfes ab.

Der Zyklus von: Geboren werden > das Leben bewältigen > im Lebensablauf fortwährend Sterben und > schließlich in den Tod gehen, bestimmte unser Dasein.

Die einzige Rettung sahen wir, je weiter wir uns in Lebensverhältnisse verstrickten, im Glauben und in der Hoffnung auf eine Erlösung. Dabei war uns völlig gleich, auf welche Art und Weise.

Dies ist die Grundidee aller irgendwie erfolgreich gewordener Religionen.

Zum Beispiel ist das Christentum eine Erlösungsreligion mit Christus dem Erlöser, an der Spitze.

Diesem Erlösungsgedanken verdankt es vermutlich seine überragenden Erfolgen bei der weltweiten Verbreitung.

Auch beim Islam finden wir im Endstadium die Erlösung im Paradies.

Der Buddhismus strebt das Nirvana als Ausstieg aus dem Rad der Wiedergeburt an und dadurch die erlösende Verbindung mit dem Göttlichen.

Selbst Völker mit Religionen bei denen Götterfamilien das Sagen hatten, indische, ägyptische, griechische, römische oder germanische, erlebten nach dem Tode einen Übergang in erlösende Gefilde.

Walhall war beispielsweise für die Germanen ein Ort, an dem die gefallenen Krieger sich wohlfühlen sollten. Bei den Indianern Nordamerikas waren dies die Ewigen Jagdgründe.

Wir Atalanter fanden es tröstlich, alles nur als ein „Großes Spiel" betrachten zu dürfen.

Unsere Erlösung gipfelte in der baldigen, erneuten Weckung unserer, dem Spiel angemessenen Fähigkeiten als Geistige Wesen, wie zum Beispiel als GeistWandler.

Dadurch würden wir bewusster, wieder selbstbestimmter. Wir könnten unser Leben selbst gestalten, kreativ, in all seinen spielerischen Möglichkeiten.

Beim Finden einer materiellen Loslösung, von den Zwängen der uns umgebenden Einflüsse, haben viele unser Heimatsystem Atalant verlassen.

Nicht alle sind entflohen. Einige besiedeln noch immer Atalant und arrangieren sich mit unseren Gegenspielern, den Kabarern von der galaktischen Konföderation.

Die Mutigeren hat es auf Planet Erde verschlagen. Eigentlich wollten wir von hier aus die Galaxis hinter uns lassen. Doch wir haben es uns bequem gemacht. Somit sitzen wir jetzt hier fest (noch!).

Wir hatten gehofft, durch den Wechsel in eine andere Galaxis Frieden zu finden. Diese friedvolle Ruhe, vor dem heftigen Ansturm einer bürokratisch geprägten Diktatur, einer Diktokratie oder Bürokratur, hätten wir nötig gebraucht, um erneut daran zu arbeiten wieder geistig frei zu werden.

Spirituelle Rückführungen, machtvolle Maßnahmen, die uns von freien Geistwesen an die Hand gegeben wurden, waren geschaffen worden, um unsere Zielsetzung möglich zu machen.

Zu unser aller Leidwesen brachten es unsere wenig kooperierativen Gegner tatsächlich fertig, den gesamten Planeten Erde in ein Gefangenenlager zu verwandeln.

Druiden des TAO sind jetzt, als Hoffnungsträger der Menschheit, nicht nur der Atalanter, emsig dabei die Fesseln dieses Gefängnisplaneten zu lockern, um sie schließlich zu sprengen.

Auch hierfür sind Spirituelle Rückführungen außerordentlich brauchbar und wirkungsvoll.

Doch wo war ich gleich stehen geblieben? Ach, ja, Religionen!

Wir, die Atalanter und besonders die Druiden des TAO, waren schon immer offen gegenüber allen nur möglichen Religionsformen und Glaubensrichtungen.

Jede dieser Betrachtungsweisen hatte, entsprechend der Umgebung in der sie entstanden waren, seine Berechtigung.

Sogar die furchterregenden Schwarzen Mönche des geheimen Planeten Gorgas wurden von uns nicht abgewiesen, wenn sie kamen, um uns von der einzig wahren Richtigkeit ihrer Denkweisen zu überzeugen.

Manchmal blieben sie oder sie gingen von dannen, immer im Geiste des von uns glaubhaft gemachten spielerischen Denkens und Handelns.

Unterschiedlichste Götter und andere Gestalten suchten nicht nur telepathisch den Kontakt zu den Druiden des TAO. Auch diese Geistwesen hatten ihre ganz eigenen Problemchen.

So kam eines schönen Tages der Göttervater einer Familie von Wesen, die sich um ihre verkörperten Schützlinge stritten.

In mörderischen Schlachten sollte entschieden werden, wer denn nun die Macht über den Großteil des fraglichen Planeten ausüben sollte.

Unser Vater aller Götter war verzweifelt, weil er die Harmonie im göttlichen Himmel wünschte.

Meine Druidenkollegen rieten ihm damals zu einem friedlichen Wettstreit mit klaren Regeln. Er sollte sowohl unter ihren Körperlichen, als auch unter den streitbaren Göttern ausgetragen werden. Der Preis sollte die Vorherrschaft für eine ganz bestimmte, absehbare Zeit sein.

Wahrlich gesagt und dann auch getan: Seitdem fanden regelmäßige Wettspiele statt, mit festen Regeln und einem klar umrissenen Ziel für die glorreichen Sieger.

Der Frieden dauerte tausende von Jahren, bis auch diese Welt der Götterfamilie schwächelte und sich schließlich ganz vom Geistigen entfernte.

Es war das Schicksal vieler Familien von Göttergestalten, dass sie sich entweder zu sehr im Körperlichen einbanden oder zu bedauerlichen Opfern des „Fang den Geist"-Spieles wurden.

Die Vorherrschaft der Körpereinheiten, insbesondere derer, die weitgehend menschlich waren, war nicht aufzuhalten. Sie lösten sich zunehmend aus den Fängen ihrer Götter.

Vor allem Menschen oder menschenähnliche Körperwesen, eroberten das Spielfeld des Universum. Diese überaus erfolgreichen Rassen verstanden es, in allen Spielformen, sich das Überlebenspotenzial zu sichern und sich auszubreiten.

Manchmal bevölkerten Menschen nur einzelne Planeten.

Ein anderes Mal eroberten sie sich das Umfeld eines Sonnensystems. Relativ oft zogen sie sogar hinaus ins All und schufen interstellare Reiche. Dieser Trieb zu den Sternen beherrschte die Menschheit immer und überall.

Die wichtigste Kraft, derer sich Menschen bedienten, war ihre Fähigkeit zur Verbundenheit. Über den Einzelnen hinaus entwickelte sich ein intensiver Zusammenhalt in Gruppen.

Dabei konnte es sich um kleine Gruppen, wie die Familienverbände oder Clans handeln, die auch den Göttern eigen waren. Oder sie schlossen sich zu größeren Gruppierungen zusammen, wie Interessenverbänden oder Staatengemeinschaften.

Solche großen, in sich vereinigte Menschenmassen wurden den individualisierten Göttern dann häufig zum Verhängnis.

Die zwar nicht immer besonders intelligente, dafür aber umso gewaltigere bis gewalttätige Macht der Masse, besiegte selbst den erhabensten Geist.

Massenbewegungen folgten auch im Dasein als Menschen ihren ureigenen Gesetzmäßigkeiten, entsprechend dem anfänglichen Drang des Lebens, sich auszubreiten.

Genau wie die ersten Bausteine des Lebens sich zu Organismen zusammenfanden, ist jede Masse darauf geeicht ihr Überlebenspotenzial gegenüber den angenommenen oder den tatsächlichen Feindbildern zu vervielfachen.

Einmal in Gang gesetzt, gab es kein Halten. Die menschliche, besser unmenschliche Maschinerie marschierte voran.

Die mehr oder minder organisiert auftretenden Haufen überrollten jegliche geistvolle Vernunft.

Für uns Geistwesen wurde es noch um ein vielfaches gefährlicher, als sich der Verstand, etwa derjenige von Menschen, einschaltete und die vorwärts drängende Masse zu organisieren begann.

Auf dieses Phänomen waren wir überhaupt nicht vorbereitet.

Wir hatten zwar jedem Lebewesen eben diesen Verstand mitgegeben, doch dass er sich so brutal gegen uns, seine Schöpfer, wenden würde, darauf waren wir nicht gefasst.

Dabei tat er nichts anderes als seine Aufgabe. Er kümmerte sich um das Überleben der Menschwesen, sobald er uns als deren Bedrohung wahrnahm und entsprechend einstufte.

In Organisationen zusammenhaltende, mit Strategie agierende und gezielt vorgehende Menschenmassen konnten wir, die wir selbst machtloser geworden waren, beim besten Willen nicht mehr kontrollieren.

Geistige Wesen konnten zwar, in ihrer Funktion als Gottheiten, sehr, sehr viele Menschen nach ihrem Willen steuern. Es gelang aber nur vollständig, solange diese den Göttern huldigten, sie als ihr religiöses Lebensprinzip akzeptierten.

Wurden die Menschen abtrünnig, verloren die übergeordneten Geistwesen im Nu ihre Macht.

Als Erstes dürfen wir nicht vergessen, die Einheit des Lebens selbst ist ein Aspekt des 13ten Konstrukteurs und zum Zweiten denkt der Mensch per Verstand weitgehend eigenständig.

Viele der Geistigen Wesen kooperierten anders mit den Lebe- oder Menschwesen.

Sie wurden zu von allen akzeptierten Schutzgeistern für ihre Planeten und für die Systeme.

Andere behielten ihre unabhängige Geistigkeit. Sie mischten nur sehr selten im Spielgeschehen der Körpereinheiten mit.

Deren geistige Höhe erhielt sich bis zum heutigen Tag.

Insbesondere die zwölf Konstrukteure des Universum waren und sind kein Bestandteil ihres eigenen Spielaufbaus.

An ihnen können wir ermessen, welche Fähigkeiten uns bevorstehen, wenn wir uns beispielsweise durch Spirituelle Rückführungen vom Joch des Fleisches befreit haben.

Damit wird uns immer wieder aufs Neue bewusst: Auch wir, die TAO-Seelen, sind kein Bestandteil des Universum.

Wir sind von Grund auf Göttlich, unabhängig von Raum und Zeit.

Wir sind noch immer die fähigen Schöpfer, die GeistWandler, die Erschaffer von Realitäten.

„Wirklich große Menschen haben ein eigenartiges Gefühl: Die Größe ist nicht in ihnen, sondern sie geschieht durch sie."

John Ruskin (1819-1900)
englischer Schriftsteller

"Sei Du selbst die Veränderung, die Du Dir wünschst für diese Welt."

Mahatma Gandhi

„Die Zukunft liegt in Deiner Hand. Was Du daraus machst ist Dein Schicksal."

Volksweisheit

Bürokratur in Reinkultur

Sind die Kabarer tatsächlich die Gegenspieler der Atalanter? Lasst uns einfach mal hineinschnuppern in deren Strukturen und in die Lebensanschauungen.

Das System mit Struktur

Die 263 Sternensysteme der kabarischen Konföderation sind extrem gut geordnet.

Jedes Sternensystem im Bund von Kabar hat ein eigenes Parlament und eine Repräsentativ-Regierung. Und sei es nur, um den Schein einer Selbstbestimmung zu wahren.

An der Spitze solcher Regierungen gibt es Präsidenten, Könige, Kaiser, Zaren und vielerlei weitere Bezeichnungen. Mit viel Pomp und Gepränge bieten sie dem Volke ihrer Systeme prächtige Schauspiele. Diese Herrschaften wissen aber ganz genau wo ihre Grenzen sind und welche Aufgaben sie zu erfüllen haben.

Überall wird so etwas wie Demokratie geübt. Es gibt sogar Wahlen und Volksentscheide. Doch alles geschieht nur im Rahmen der Vorgaben, die von der Elite vor tausenden von Jahren aufgestellt wurden.

Die Bevölkerung wird zu allen möglichen und unmöglichen Entscheidungen befragt. Manchmal wird sogar das verwirklicht, wofür sich eine deutliche Mehrheit zusammengefunden hat. Dies war aber meist sowieso schon vorher beabsichtigt.

Obwohl alle wissen, dass diese politische Bühne von mehr oder weniger guten Schauspielern betreten wird und alles mehr Schein als Sein ist, nur eine gut inszenierte Schau, spielen die Bewohner der Planetensysteme mit.

Jedermann kennt die Spielregeln ganz genau, wird darin von Kindheit an geschult. Deswegen begehrt nur selten jemand dagegen auf.

Schließlich hat sich herausgestellt: Der im Verbund erreichte Wohlstand birgt Sicherheit und bietet einen gewissen Schutz vor echten sowie vor imaginären Gegnern und Feinden.

Die übergreifende Matrix von Kabar hat eine Perfektion erreicht, die in dieser Größenordnung ihresgleichen sucht.

Zwischen den 263 Sternensystemen verkehren regelmäßig Handels- und Passagierraumschiffe, bewacht, überwacht und gesichert von einer gewaltigen Flotte, geführt durch die Elite.

Etwa 30 Prozent aller Systeme werden von menschenähnlichen Fleischlingen bewohnt. Überwiegend befindet sich in jedem System mindestens ein bewohnbarer Planet.

In sechs Systemen sind es zwei Planeten mit Leben; so auch das atalantische System mit zwei lebensfreundlichen Planeten und einem bewohnten Mond.

129 Systeme die zum Bund gehören, sind unbelebt, bis auf die Besatzungen, die zur Rohstoffgewinnung eingesetzt sind. Dennoch herrschen auch oder gerade dort die gleichen gesellschaftlichen Voraussetzungen wie überall in Kabar.

28 Planetensysteme werden von einer starken Echsenrasse kontrolliert die zu früheren Zeiten mit einer insektoiden Rasse in Zwietracht lebte.

Diese Insektoiden dürfen bis heute 17 Planetensysteme ihr Eigen nennen.

Kabar hat ihnen Frieden und Eintracht gebracht und das schon seit 212.000 Erdjahren.

Wer sich nun fragt, wo diese Rassen denn ihren Gefängnisplanteten haben, der muss sich die Leute auf der Erde nur genauer anschauen. Bei manchen kommt ihre andersartige Natur auch "unter der Haut von Erdmenschen" noch deutlich zum Ausdruck.

Der Bewegungsablauf von Reptilien ist besonders deutlich, wenn sie ihren, nun nicht mehr vorhandenen Schwanz schwenken. Vogelartige stolzieren gerne durch die Lande und die Katzenartigen schleichen und schmeicheln sich entweder an oder sie sind besonders kratzbürstig.

Wir finden hier im Gefängnis also auch die Fischmenschen, die Schlangen-, Frosch- und Krötenartigen, Hunde- und Katzenwesen, sogar Pflanzen- und Baumwesen und die Vogelmenschen, nicht zu vergessen die Menschen mit den Eigenarten von Elefanten oder von Schweinen.

Die Reptiloiden stellen zur Zeit übrigens die Führungselite auf dem Gefängnisplaneten. Sie arbeiten mit Nachdruck daran, auch hier kabarische Verhältnisse zu installieren; selbstverständlich mit ihnen und ihresgleichen als uneingeschränkter Führungsmacht.

Diese Echsenartigen stehen übrigens mit anderen Echsenrassen in Verbindung, die nicht zum kabarischen Bund gehören, deren Stern sich aber in relativer Nähe zum unsrigen befindet.

Denen liefern die erdgebundenen Menschenreptiloiden immer wieder einmal Frischfleisch für deren Experimente zur Erforschung von Gefühlsregungen.

Experimente dieser Art gibt es im Bund von Kabar schon lange nicht mehr. In der anfänglichen Sturm- und Drangzeit konnte man dies allerdings auch dort nicht ausschließen. Doch innerhalb der letzten kaum 25.000 Erdjahren siegte die so genannte Vernunft, über jegliche unsinnige Emotionalität.

Diese Art von Vernunft war gleichbedeutend mit eiskalten, geradezu robotischen Berechnungen. Ins Kalkül wurde einfach gezogen, was von Vorteil für die Gesamtheit des kabarischen Systems war.

Alles was nicht den regulären, irgendwie notwendig erscheinenden Überlegungen entsprach, wurde systemweit rigoros eliminiert.

Um Vorfällen wie dem Aufstand der Atalanter vorzubeugen setzte sich eine religiöse Gemeinschaft systemübergreifend durch. Selbstverständlich wurde sie aus dem Hintergrund von der allen überlegenen Elite eingesetzt, unterstützt und gesteuert. Im Vergleich könnte sie wie der Katholizismus oder auch wie der Buddhismus auf Erden sein. Interne Zwistigkeiten und Kriege wurden im Geiste der Gemeinsamkeit unterbunden. Die Grundsätze dieser Religion wurden sogar zum politischen Programm.

Ihre Führer überzeugten durch die Schaffung von Wohlstand und Sicherheit.

Die galaktische Konföderation von Kabar, der Zusammenschluss von 263 Sternensystemen, ist zwar weit da draußen, in den Tiefen unserer Galaxis und doch, wenn Ihr Ansätze der kabarischen Denk- und Lebensweise zu finden sucht, so schaut Euch einfach auf Planet Erde um - Ähnlichkeiten sind nicht rein zufällig.

Unser kleiner, recht liebenswerter Himmelskörper, so genannt Erde, ist nämlich der, nun sagen wir: "Mülleimer der Galaxis".

Wobei die Herrschaften, die hierher verfrachtet wurden, keineswegs als wertlos betrachtet werden sollten. Viele dieser Leute sind einfach unbequem geworden. Sie störten das perfektionierte Lebenssystem der Kabarer durch eigene Ideen, die sie womöglich auch noch verwirklichen wollten.

84

Etwas ähnliches wie „Erde" gab es in der Sowjetunion mit Archipel Gulag, einem Netz von Straf- und Arbeitslagern, für Abweichler, Systemkritiker und vielerlei politischer Gefangener.

Auch die Amerikaner wollten unter ihrem Präsidenten Nixon ein entsprechendes Projekt in Alaska installieren. Dies wurde aber aufgedeckt und auf Druck der Öffentlichkeit fallen gelassen. Die dort eingesetzten Führungskräfte fanden Aufnahme bei den Finanzbehörden der USA.

England hatte im 18. Jahrhundert den Kontinent Australien, zur Sträflingskolonie auserkoren. Es wurden von 1787 bis 1868 zirka 162.000 Sträflinge in verschiedene Lager gebracht.

Geleitet wurden solche strukturübergreifenden Gefangenenstationen überwiegend von ungeliebten Leuten, die von den jeweiligen Regierungen eingeschleust wurden sowie von deren Handlangern.

Die Krone wird dem Ganzen aufgesetzt, wenn mit den Gefangenen medizinische Experimente und andere perverse Testreihen durchgeführt werden.

Leute wie der Naziarzt Josef Mengele, die gar nicht so selten auf unserem Planeten sind, können sich in derartigen KZ's, oder wie man die Lager auch immer nennen mag, einen Namen machen.

Doch so etwas hat der Sternen-Verbund Kabar nicht mehr nötig. Dort ist seit nunmehr 256.000 Erdjahren ein System fest konstituiert, das mittlerweile bis ins Kleinste normiert und felsenfest vorgeschrieben ist.

Eine Bürokratur, als Steigerungsform von Bürokratie, hat alle technischen sowie die sozialen Abläufe, inklusive der Lebewesen die darin eingebunden sind, geradezu minuziös im Griff.

Jegliche Abweichung von der Norm muss sofort gemeldet werden. Technische Gerätschaften werden detailgenau immer wieder repariert. Neuschöpfungen bleiben den Eliten vorbehalten.

Den integrierten Lebewesen wird entweder mit einer mentalen Schulung oder mit Abschiebung begegnet.

So gibt es entweder die überall gleichgeschalteten Besserungsanstalten oder eben zur Abschiebung, etwa 3000 Jährchen nach dem letztmaligen Aufstand der Atalanter: Planet Erde, den Gefängnisplaneten.

Wen wundert es, wenn seit langer Zeit gewisse Leute auf der Erde versuchen, dieses unser planetengroßes Gefängnis nach den Mustern ihrer Heimatwelten zu gestalten. Die hier gefangenen Wesenheiten kommen immerhin aus dem gesamten kabarianischen Sternen-Großreich.

Deren einmal genossene Erziehung schlägt hier ebenfalls durch, wie der entschiedene Protest dagegen. Überall gibt es Duckmäuser und Aufmüpfige.

Doch eines darf auch nicht außer Acht gelassen werden: Das sind die in den Verstand eingepflanzten Grundmuster kabarischer Methoden zur Abhängigmachung.

Über die derzeit auch auf Erden üblichen Erziehungsmaßnahmen hinaus, arbeitet man dort mit so genannten Implants, geistigen Einpflanzungen.

Eine ganz entscheidende geistige Einpflanzung, die vorrangig allen Kabarern und leider auch den Atalantern eigen ist, heißt: "Andere ins Unrecht setzen!"

Dieser geistige Oberbefehl wird Kindern in allen 263 Sternensystemen bereits bei der Geburt eingegeben. Die Atalanter zählten lange Zeit auch dazu und mittlerweile wieder.

Zumindest die in ihrem System verbliebenen Bewohner wurden abermals integriert.

Mit Hilfe der Einpflanzung: „Andere ins Unrecht setzen!", kontrolliert eine Elite, die die Konföderation von Kabar regiert, jegliche Regung eventuell aufkommender Rebellion.

Das Netzwerk des Denunziantentums funktioniert perfekt und beginnt bereits in den Krabbelstuben.

Es setzt sich fort über etwas ähnliches wie (der Einfachheit halber benutze ich irdische Begriffe) Kindergärten, Vorschule, Schule, schulische und berufliche Laufbahnen, Ausbildung, Arbeitsleben.

Es begleitet jedermann bis in den Tod und darüber hinaus, denn die Kabarer wissen von der Wiedergeburt.

Wiedergeburt ist für diese Leute kein Glaube, sondern nachweisbares Wissen.

Wir Atalanter haben sie zur Genüge mit den entsprechenden Phänomenen konfrontiert.

Allerdings nutzen diese hochtechnisierten Burschen das Wissen wiederum zur Festigung ihres Systems.

Vor allem im Zuge des Aufstandes des Volkes der aufmüpfigen Atalanter, vor etwa 25.000 Jahren irdischer Zeitrechnung, wurden Gerätschaften entwickkelt, die Seelen ohne Körper anziehen wie Staubsauger.

Jenes Atalant, das ich hier meine, ist ein Doppelstern-System mit einer weißen Riesensonne und einem roten Zwerg, in deren Bannkreis sich insgesamt siebzehn Planeten mit zwölf Monde bewegen.

Davon sind drei Himmelskörper (zwei Planeten und ein Mond) für die Entwicklung von Leben sowie für die Besiedelung durch die Atalanter geeignet.

Die atalantische Lebensform ist weitgehend menschlich. Ihre Körper sind im Durchschnitt nur unwesentlich größer, allerdings schlanker und durchgehend hellhäutiger als die der ursprünglichen, irdischen Menschen.

An dieser Stelle kann nochmals angemerkt werden, dass sich die menschenähnliche Körperform, mit geringfügigen Abweichungen, überall in der Galaxis und darüber hinaus wiederfindet.

Ein hochkarätiger Wissenschaftler der Kabarer meinte einmal, auf dieses Phänomen angesprochen:
"Offensichtlich gibt es im Plan des Universum einige ursprüngliche Postulate. Ebenso wie bei den materiell sowie energetisch gefügten Kugelformen, die wir überall wiederfinden, beziehen sie sich auf die Beschaffenheit von Leben.
Die menschliche Form, auch in ihren fisch- oder echsenartigen oder insektoiden Ausprägungen, hat sich als überaus praktikabel bewährt."

Dem kann und möchte ich nicht widersprechen. Doch ich will hinzufügen: Es bleibt einem freien Geistigen Wesen unbenommen sich zumindest vorübergehend auch anderen Lebensformen zuzuwenden oder ohne Körper lebensfähig zu sein.

Allerdings besteht für Körperlose im Einflussbereich des kabarischen Bundes immer die Gefahr in die genannten Seelensauger zu geraten und mittels Zug- und Druckstrahlen einem Körper zugeordnet zu werden - ob man will oder nicht.

Selbst der sonst so normale Zyklus von Geburt, Leben, Sterben, Tod und Wiedergeburt wird bei den Kabarern nicht dem Zufall überlassen.

Geboren zu werden bedeutet hier weitgehend: Es geht eine künstliche Befruchtung mit genetisch einwandfreiem Material voraus.

Das Mutter-Wesen wird während der Reifung des Embryo unter ständiger Beobachtung gehalten, in speziellen Kliniken, mit geschultem Personal und bei besonders hochwertiger Kost.

Dann wird das fast fertige Kind dem Mutterleib entnommen, schmerzfrei und ohne jede Narbe.

Während die Mutter wieder in ihren geregelten Arbeitsprozess entlassen wird, reift der junge Körper in einer Art Brutkasten weiter.

Bei dieser Gelegenheit wird jetzt die Beseelung vorgenommen: Eine in einer Art Batterie gehaltene Seele, die bislang ihre Energie mit vielen anderen, mehr oder minder freiwillig, einem Gemeinschafts-Transformer zugeführt hat, wird zu dem Babykörper transferiert.

Selbstverständlich nimmt sich das Geistige Wesen gern dem werdenden Leben an. Entkommt es doch seiner bisherigen Gefangenschaft.

Sobald die neue Einheit dem Aufzuchtgerät entnommen werden kann, übernimmt eine Amme die Betreuung.

Als Ammen werden nur besonders ausgesuchte, weibliche Menschen oder, je nach Rasse, Menschähnliche eingesetzt. Diese Frauen bleiben solange eine Amme, wie sie in der Lage sind ausreichend Milch zu produzieren. Auf Muttermilch will man trotz aller Technik nicht verzichten, da sich diese als besonders nahrhaft herausgestellt hat.

Voraussetzung dafür ist, dass die Amme sich selbst vollwertig ernährt und auch sonst ein rundum gesundes, kräftiges und umgängliches Wesen ist.

Als Amme arbeiten zu dürfen ist ein besonderes Privileg im kabarischen System.

Seit dem atalantischen Aufstand ist es strengstens untersagt Kinder "im freien Fall", wie man dazu sagt, zu zeugen.

Derartige Embryonen werden entweder schon im Frühstadium zwangsweise abgetrieben oder bei fortgeschrittenem Wachstum dem üblichen Prozess zugeführt – vorausgesetzt sowohl der Mutter als auch dem Vater werden genetische Reinheit attestiert.

Eine Elternschaft ist grundsätzlich untersagt. So kommt es auch nur extrem selten zu länger andauernden Partnerschaften.

Das kabarische Zusammenleben erfolgt in einer Single-Gesellschaft mit kurzfristigen Bekanntschaften beiderlei Geschlechts.

Da die Lebenserwartung der Kabarer bei zirka 700 und mehr Jahren liegt, je nach Zugehörigkeit zum jeweiligen Sternensystem und dessen Rasse, ist kurzfristig ein relativer Zeitraum, der durchaus auch einmal zirka 50 Jahre umfassen kann.

Die Medizin der Kabarer geht davon aus, dass biologische Systeme, wie der menschliche Körper, aus ökonomischen Gründen so lange wie nur irgend möglich einsatzbereit gehalten werden müssen.

Dabei ist der Begriff des Alterns erst dann relevant, wenn die Biomassen des Körpers tatsächlich verbraucht und nicht mehr reparabel sind.

Ist der Zeitpunkt des Sterbens gekommen, treten die Leute, im voll umfänglichen Wissen der Wiedergeburt, ihre "Große Reise" an.

Sie gehen ins Licht. Dabei handelt es sich um einen ultrahellen, blitzartig desintegrativ wirkenden Konverter, der die Körpereinheiten völlig schmerzfrei urplötzlich in Atome zerlegt.

Die verbrauchte Biomasse wird in Wärmeenergie umgewandelt. Der Seelenanteil nimmt den Verstand mit. Die Seele und ihr Verstand verschwinden erst einmal in das Stadium der Energie erzeugenden Speichereinheiten.

Die Seele wird praktisch abgesaugt und bis auf weiteres in Kristallbatterien aufbewahrt.

Die Erlebnisse in solchen Batterien sollen nicht einmal so übel sein. Es werden fantasievolle Bilder eingespielt, ähnlich dem Zeigen von Dias oder von Filmen. Vermischt mit den eigenen Vorstellungen laufen dann interessante Ereignisse ab, ganz auf die jeweilige Persönlichkeit zugeschnitten.

Manche berichten im Nachhinein von Geschehnissen wovon sie schon lange geträumt haben, andere lebten in Phantasien bei denen sie ihre eigenen Welten erschaffen durften.

Die Kabarer hatten aus der Vergangenheit gelernt. Waren in den alten Zeiten Schmerz und Angst die Auslöser zur Abgabe von Energie, so sollten es in ihren Speichern positive Emotionen sein, wie Interesse und Begeisterung.

Erst der neuerliche Übergang zum realen Leben war für die meisten wieder ernüchternd. Es war dann wie das Erwachen aus einem schönen Traum.

Nach diesem brach die Wirklichkeit heftig über jemanden herein.

Doch im Normalfalle wurden die Seelen nur gerufen, um sich einem neuen Körper anzuschließen.

Damit bekamen sie unmittelbar eine sinnvoll erscheinende Aufgabe.

Nachdem die Kabarer all ihr Wissen, sowie ihre Einpflanzungen, aus früheren Leben weiterhin abrufbereit zur Verfügung haben, brauchen sie sich beim Neustart lediglich darauf konzentrieren den noch jungen Körper so perfekt wie möglich zu kontrollieren.

In den bereits erwähnten Krabbelstuben trainieren die Neueinsteiger ihre Fähigkeiten.

Im fließenden Übergang zum Kindergarten werden die Kleinen von ihren Ammen entwöhnt und anderen Betreuerinnen zugeführt.

In diesem Übergangsprozess wird eine weitere Einpflanzung aufgefrischt, die des: Mitleid.

Mitleiden zu können dient, nach Ansicht der Kabarer, der Erhaltung der Art.

Indem Bindungen künstlich geschaffen werden, die durch die Vereinzelung der Wesen verloren gingen, sollen sich die Menschen und Menschenähnlichen gegenseitig vernetzen.

Single-Gesellschaften verlieren das Mitgefühl, das in Familienverbänden üblich ist.

Der gewollte Egoismus bis hin zur Egozentrik von egomanischen Singles, der zur Belastung für Gemeinschaften werden kann, wird durch den Mitleidsfaktor etwas abgefangen und gemildert.

Das aufgepfropfte Mitleid der Kabarer steigert sich soweit: Bei traurigen Nachrichten und bei entsprechenden Werbesendungen, der Informationskanäle die kabarweit ausstrahlen, erfasst ein kollektives Heulen den ganzen Sektor.

Die Spenden- und Hilfsbereitschaft ist dann ungeheuer.

Es mussten spezielle Auffangfirmen für Geld- und Warenspenden geschaffen werden - selbstverständlich unter Kontrolle der Eliten.

In den Vorschulen frischen die wiedergeborenen Kinder ihr Wissen in Lesen, Schreiben und Rechnen (bis zur höheren Mathematik) auf.

Hier werden sie auch schon auf ihr zukünftiges Einsatzgebiet vorbereitet.

Die Aufgabenstellung richtet sich nach den mitgebrachten Interessen und besonderen Fähigkeiten.

Was wir auf Planet Erde als Wunderkinder bezeichnen, ist im Bund von Kabar völlig normal, da man eben erkannt hat, dass die kleinen Erwachsenen lediglich an ihr früheres Leben anzuknüpfen brauchen, um sofort in die Strukturen einzusteigen.

Unter anderem deshalb ist Erziehung vollständig dem System zugeordnet und wird auch von diesem getragen.

Zudem kann durch den kontrollierten Ablauf besser darauf geachtet werden, dass mögliche Abweichler wieder auf die rechte Bahn gelangen.

Bereits in den Schulen gehen die schulischen und die praktischen Ausbildungsgänge Hand in Hand.

Mit etwa 13 Jahren, dem Eintritt in den üblichen Arbeitsprozess, erfolgen auch die Spezialisierungen.

Da die Vorbereitung und Eingliederung in den Ablauf der Arbeit von langer Hand kanalisiert und vorbereitet wird, gibt es keine Arbeitslosigkeit.

Fließende Übergänge, in andere Arbeitsbereiche, gestalten zudem die Arbeitswelt durchlässig.

Dadurch werden Spielräume geöffnet und offen gehalten. Wobei auch diese Spielräume genauestens überwacht und reglementiert sind.

Wir dürfen nicht vergessen, die Lebenserwartung beträgt zirka 700 Jahre. In der Zeit brauchen die Leute gewisse Ausweichmöglichkeiten, einfach um nicht geistig abzuschlaffen oder andererseits auf Protest zu gehen.

So etwas wie das Risiko einer Selbständigkeit gibt es in Kabar ebenso wenig wie unkontrolliertes Unternehmertum. Was nicht in die Struktur sowie in die Rädchen des Systemablaufs passt, wird weder zugelassen noch unterstützt.

Dafür gibt es auch keine Armut und kaum Kriminalität im Verbund. Zumindest nicht offiziell!

Denn sollte jemand auch nur Ansätze von kriminellem Verhalten zeigen, greift in seinem Umfeld sofort die Einpflanzung: "Andere ins Unrecht setzen!"

Schon ereilt den auf diese Art und Weise Denunzierten das Schicksal der Besserungserziehung.

Diese keineswegs verpönten Maßnahmen durchlaufen die Bewohner der kabarischen Systeme in ihrem langen Leben so gut wie alle etliche Male. Deshalb ist es auch keine Schande oder Diskriminierung.

Es gehört geradezu zum guten Ton, sich immer wieder einmal bessern zu lassen. Einige der Kabarer gehen sogar in geregelten Abständen freiwillig zu solchen aufbauenden Besserungsmaßnahmen.

Ein Strafsystem gibt es innerhalb des weiten Bundes von Kabar selbstverständlich auch, jedoch keine Gefängnisse.

Leute die sich partout nicht in das System eingliedern wollen oder sich vor den Strukturen beugen können, werden entweder hypnotisch zwangsbehandelt oder, wenn auch das nicht zum Erfolg führt, auf den Gefängnisplaneten Erde verfrachtet.

Vor dessen Schaffung wurde den Delinquenten nahe gelegt, freiwillig die "Große Reise" anzutreten. Dadurch sollen sie, wie es heißt, die Chance eines Neustarts erhalten.

Mit der Abschiebung verliert der Querulant seine Langlebigkeit und alle bewussten Erinnerungen an seine früheren Leben. Der Zugriff zu alten Daten und erworbenen Fähigkeiten wird ihm versperrt.

Was er jedoch, nun in verschärftem Maße, mitbekommt ist die geistige Einpflanzung: "Andere ins Unrecht setzen!".

Speziell mit diesem Implant regiert und reguliert sich die Erdbevölkerung wie von selbst. Hier wirken die Be- und Anschuldigungen wie Nadelstiche oder Schwerthiebe ins "Fleisch" der Gefangenen.

Bei jeder sich bietenden Gelegenheit schlagen sich die Leute gegenseitig mit Schuldzuweisungen.

Insbesondere über religiöse Vereinigungen wird die Erzeugung eines schlechten Gewissens zur scharfen Waffe.

Unerwünschte Emporkömmlinge und höhere Intelligenzen werden in die Strukturen der Religionen eingebunden und systematisch niedergedrückt.

Gewissenloses Denken und Handeln führt bei den Leuten entweder zur Unterwerfung oder zu fortdauerndem Protest. In ihrem Protestverhalten werden Menschen zu Zielscheiben für rechthaberische, das Recht nutzende Unterdrücker.

Damit halten sich die Menschen der Erde gegenseitig unten und machen sich klein.

Die geistige Entwicklungsfähigkeit wird mit voller Absicht auf ein extrem niedriges Niveau gedrückt.

Frühere und heutige Erziehungsmethoden in Familie, Schule und Arbeitsleben sprechen eine beredte Sprache. Mobbing ist dabei nur die Spitze vom Eisberg.

Zum großen Glück für die Erdgefangenen ist die Einpflanzung: "Mitleid", auch nicht ganz verloren gegangen.

Es handelt sich hierbei zwar auch um einen Implant, doch er verhindert so manche Gräueltat. Dieses erzeugte Mitleid rettet so manches geschundene Wesen vor noch mehr Qualen.

Bei vernünftigem, implantfreien Denken würde man statt Mitleid Mitgefühl, Verständnis oder Verstehen sagen.

Schließlich macht es absolut keinen Sinn, wirklich gar keinen, in das Leid eines anderen einzutauchen, um eigenes Leid daraus zu kreieren.

Das Mitleidsgefühl wirkt übrigens auch dann noch, wenn die wahre Liebe längst verloren gegangen ist. So wird Mitleid zu einer niederen, ersatzweisen Art und Weise von Liebe und schafft, ähnlich dieser, karmische Verbindungen.

Das Netzwerk des Mitleids hat sich auf Planet Erde sehr weit ausgebreitet. Es ist nämlich leider auch ein Faktor womit Religionsführer und andere Machthaber, die sich damit bestens auskennen, uns an den schleimigen Morast der niederen Emotionen dieses Gefängnisplaneten binden können.

Doch zurück zur Konföderation von Kabar: Nach der „Atalantisreform", wie man den Aufstand der Atalanter heute nennt, wurde nicht nur der Wiedergeburt selbst mehr Beachtung geschenkt.

Auch die medizinischen Betrachtungsweisen profitierte von dem Wissen der Wiedergeburt.

Vordem wurde vorwiegend versucht nur an den oberflächlichen Symptomen von allerlei Defekten und Krankheiten herumzudoktern.

Zugegeben, die erzielten Erfolge waren auch in der Anwendung der alten Denkstrukturen nicht unerheblich.

Mit dem neuen Wissen können jetzt allerdings viele Erkrankungen an der Wurzel gepackt werden.

Die "Große Reise" ermöglicht es, wesentlich zielgerichteter schon bei den Neugeborenen vorzugehen.

Die Rückschlussmöglichkeit auf frühere Leben lässt es nun zu, bereits über den energetischen Zustand eines Babys in die fortlaufende Entwicklung einzugreifen.

Es geht nun nicht mehr nur um die genetische Einflussnahme, die bei der Zeugung sowieso berücksichtigt wird, sondern vielmehr um den messbaren Energiefluss im Körper des jungen Lebens.

Immer gezieltere Einflussnahmen und verbesserte Ausgleichsmaßnahmen beim Energiehaushalt lassen so gut wie alles verschwinden, was in früheren Zeiten noch als unheilbar galt.

Der medizinische Bereich in Kabar ist übrigens so ziemlich der einzige, in dem Weiterentwicklung noch zugelassen wird. Wohl einfach deswegen, weil es hier um fundamentale Überlebensmöglichkeiten mit ökonomischen Erwartungen geht.

Bei vielen, fast allen anderen Wissensgebieten wird praktisch keine Entwicklung mehr abgestrebt.

Das Motto: "Das haben wir schon immer so gemacht, warum sollten wir gerade jetzt etwas daran ändern?", beherrscht die Denkweise der Kabarer.

Deshalb ist Veränderung verpönt und wird von vorne weg ausgeschlossen.

Worin dieses Denken seine Ursache hat, weiß nur noch die Elite. Jedenfalls dient die strikte Durchsetzung des Schemas dem Erhalt uralter Strukturen, ohne Wenn und Aber.

Was einmal als Gut oder Ausreichend erkannt und festgelegt wurde, ist mittlerweile normiert. Es darf niemals in Frage gestellt werden.

Leute, die mit neuen Ideen aufwarten wollen, werden mit ebenfalls normierten Argumenten in ihre Schranken verwiesen.

Notfalls bedarf es einer oder mehrerer Besserungs- oder Schulungsmaßnahmen bis die Person die Lust verliert und sich wieder dem Status quo unterordnet.

Wer sich über längere Zeit - mehrere Lebenszeiten - der Matrix besonders gut beigeordnet hat, wird stufenweise zur Oberschicht angehoben.

Die kabarische Schichtstruktur lässt sich ungefähr mit dem Kastenwesen in Indien vergleichen.

Dabei hat jede der Kasten oder Schichten ihre Aufgabe.

Die Struktur ist aber in den drei Unterschichten beziehungsweise in den vier Oberschichten noch in einem Leben durchgängig. Dies gilt aber nicht von Unterschicht zu Oberschicht.

Die drei Unterschichten rekrutieren sich aus Leuten mit niedrigen Intelligenzquotienten. Bei schon in jungen Jahren feststellbarer, höherer Intelligenz, wird die Person auf einen Posten in der Oberschicht hin ausgebildet. Als Oberschicht gilt die mittlere bis gehobene Führungsebene.

Darüber formiert sich eine weitere Schicht, die jedoch niemals als solche angesehen werden möchte. Es sind nämlich völlig andersartige Lebensformen, wenn man sie überhaupt als solche bezeichnen kann.

Übergeordnet:
Die Elite

Zur Elite, der obersten Führungsebene, kommt immer wieder nur ein Elitewesen, das dieser Schicht schon aus früheren Leben angehört hat.

Wird allerdings festgestellt, dass die Intelligenz degeneriert und nicht mehr ausreicht, was durchaus vorkommt, so wird die Person aussondiert. Die Elite dünnt dadurch mehr und mehr aus - es werden weniger und weniger. Noch sind es dennoch mehrere hunderttausend Exemplare.

Wichtig zu wissen ist: Die Elite besitzt keine Fleischkörper!

Was heißt aber: kein Fleischkörper? Der Elite sind wesentlich stabilere, synthoplastische Puppenkörper zugeordnet. Diese Körpereinheiten haben enorme Vorteile gegenüber den fleischlichen Maschinerien.

Die synthoplastischen Puppenkörper sind sehr viel kleiner als ihre fleischlichen Gegenstücke, aber wesentlich widerstandsfähiger.

Ihre Haltbarkeit ist extrem hoch und sie sind sehr langlebig. Einige der Elitewesen nutzen ihre Körper bis zu 10.000 Erdjahren bevor sie sich für einen Neustart entschließen.

Die Reparaturanfälligkeit ihrer Körper ist gering. Wenn wegen Einwirkungen von außen dennoch Teile versagen oder ersetzt werden müssen, so bedeutet dies keinen großen Aufwand.

Irreparable Verschleißerscheinungen treten erst nach vieltausendjähriger Nutzung der Körper auf.

Und, was ganz wichtig ist: Es bedarf bei der Elite keiner Fortpflanzungszeremonie.

Das Ablegen eines "alt" gewordenen Körpers vollzieht sich im Konverter.

Der Übergang in einen neuen Puppenkörper, der bereits voll funktionsfähig bereitsteht, geschieht unmittelbar, ohne die Notwendigkeiten der Aufzucht und einer Schulung.

Dennoch kommt es zu energetischen Verlusten beim Übergang, die sich auch auf die Intelligenz auswirken können.

Das entropische Gesetz, wonach ein Preis für den Verlust an verfügbarer Energie bezahlt wird, wenn Energie von einem Zustand in einen anderen umgewandelt wird, macht auch vor den Elitewesen der Kabarer nicht Halt.

Der Elite fehlen zudem die niederen Emotionen wie Gram, Trauer, Schmerz oder Wut, die in den meisten Fleischkörpern, außer bei einigen Echsen und Insektoiden, verankert sind.

Auch das körperliche Fühlen oder Spüren ist bei ihnen grundsätzlich extrem wenig ausgeprägt. Es beschränkt sich besonders auf die Hände und auf das Gesicht.

Dafür sind die geistigen Wahrnehmungsfähigkeiten noch intensiv entwickelt. Elitewesen können hellsichtig sein und andere Psi-Kräfte besitzen.

Außerdem verständigen sie sich untereinander telepathisch.

Bei der Elite gibt es daher keine weitere Über- oder Unterordnung. Jedes Elitemitglied ist zu jeder Zeit auf einem anderen Führungsposten einsetzbar.

Es gibt auch keine Machtspiele in dieser Schicht. Durch die telepathische Verbindung hätte jeder sowieso Kontrolle über die Vorhaben eines anderen.

Und sobald sich doch einmal jemand abschotten sollte, was in der langen Zeit nur 28 Mal geschah, wäre klar, hier stimmt etwas nicht!

Dann würden sofort alle Hebel in Bewegung gesetzt, um das Wesen wieder in Kommunikation zu bringen, damit das Problem gemeinsam gelöst wird.

In den Verstand der Eliten sind übrigens auch keinerlei Einpflanzungen gesetzt. Ihr Verstand ist weitaus weniger belastet als der Denkapparat der meisten Fleischlinge.

Das liegt insbesondere daran, dass die Mitglieder der Elite kaum Verlustängste entwickeln. Sie binden sich weder an ihre ersetzbaren Körper noch an materielle Gegenstände der Umgebung.

Lediglich der Abriss einer Verbindung zu ihren Mitwesen kann für sie belastend wirken. Denn der ständige telepathische Kontakt trägt zu einem intensiven Miteinander bei.

Wird einem Mitglied der Elite tatsächlich einmal eine minderwertige Intelligenz attestiert, wird es dennoch gnadenlos abgeschoben, desintegriert und danach Sonderkörpern zugeordnet.

Dies kann beim Übergang zu Schwierigkeiten bei der Koordinierung führen. Jetzt macht es eine Phase der Eingewöhnung und der Schulung notwendig.

Vor allem die spezialisierten Besonderheiten müssen durch Schulungsmaßnahmen angepasst werden.

Die Sonderkörper sind nämlich entweder Roboter oder robotische Cyborgs mit besonderen Aufgaben, zu denen sich weder Fleischkörper noch Puppenkörper eignen.

Die Cyborgs sind Mischwesen aus biologischem Material und Maschinen. Sie können sowohl menschliche Erscheinungsformen haben, als auch in der Größe kleiner Raumschiffe konstruiert sein.

Während in den Anfängen ausschließlich positronische Computer bei deren Steuerung zum Einsatz kamen, nutzt man jetzt das Wissen der Wiedergeburt, um speziell die abgestiegenen Elitemitglieder mit derartigen Konstruktionen zu verbinden.

Der Übergang von einem Fleischkörper zu solchen Sonderkörpern ist insofern sehr viel problematischer, weil jegliches Fühlen verloren geht und auch die Implants hier fehl am Platze sind.

Deshalb werden ehemals Fleischgebundene nur noch mit zusätzlichen positronischen Einheiten gekoppelt, um die Spezialkonstruktionen zu steuern.

Hingegen finden sich die ehemaligen Mitglieder der Elite relativ leicht im Sonderkörper zurecht. Nach kurzer Zeit können sie eigenständig damit agieren.

Ihre Herkunft

Keiner wusste genau woher die Puppen kamen. Sie selbst behaupteten eine friedvolle Rasse auf der Flucht vor dunklen Mächten zu sein und, wenn die Rassen dieser Region sich nicht zusammenschlössen, wären auch sie der Vernichtung oder Versklavung preisgegeben.

Diese Bedrohung von außen und die geistige Wandlung im Inneren bildete die ursprüngliche Verbindung von Kabar, einem galaktischen Zusammenschluss der ersten 131 Sternensysteme.

Dieser Bund war so erfolgreich, dass sich schon bald weitere Systeme anboten beizutreten.

Dies durfte jedoch nur erfolgen, indem die strengen Vorgaben der Vereinigung von Kabar ohne Vorbehalte übernommen würden.

Das war der Start, vor zirka 256.000 Erdjahren. Es entwickelte sich die bislang erfolgreichste Verbindung von Sternensystemen innerhalb unserer Galaxis.

Als schließlich auch noch die sich gegenseitig bekriegenden Reptiloiden und die Insektoiden, die ein Unruheherd am Rande des Verbundes waren, zu überzeugten Mitgliedern wurden, wuchs der Bund auf die heutige Größe von 263 Sternensystemen an.

Weitere Zuwächse waren nicht erwünscht, obwohl durchaus Anwärter vorhanden gewesen wären. Doch die Elite setzte einen Stopp, um die einmal erreichte Stabilität nicht zu untergraben.

Andere Systeme wurden als assoziierte Verbündete in Handelsbeziehungen oder dergleichen eingebunden.

Die Eliterasse mit den Puppenkörpern war zuerst nur in beratender Funktion tätig, dann in verwaltender, allerdings an den Schlüsselpositionen der Macht. Heute führen sie durchgängig jegliche Kommandozentrale der Konföderation von Kabar.

Sie sind sowohl auf den Planeten in jedem System als auch auf den übergeordneten Raumschiffen im Weltraum bis hin zu den vorgelagerten Außenposten vertreten.

In Übereinstimmung mit den Regierungen und mit der Bevölkerung halten sie die Fäden der Macht mal locker mal straff in ihren Händen.

Diese Elite entwickelte sich zum Garanten für Wohlstand und Sicherheit in ganz Kabar.

Damit hatten sie sich auf friedliche Art und Weise eine absolut unangreifbare Position erarbeiten.

Noch immer betreiben die Elitewesen eine gigantische Maschinerie zur Abwehr jener Feinde, denen sie angeblich oder tatsächlich vor zirka 260.000 Erdjahren entkommen konnten.

Die kabarische Kriegsflotte verfügt über die bei weitem schrecklichsten Vernichtungswaffen der galaktischen Neuzeit. Deren Initiatoren und ursprünglichen Ideengeber waren selbstverständlich die Puppenwesen, wie auch bei den meisten der Errungenschaften technischer oder sozio-technischer Natur.

Mit deren Wissen konnte die Raumfahrt auf eine Ebene höchster Perfektion - aus der Sicht physische Körpereinheiten - angehoben werden.

Die Stringtechnologie ist die wohl höchstentwickkelte Fortbewegungsart zwischen den Sternen. Mit Hilfe der String nutzt man Abkürzungen.

Man bewegt sich oder Gegenstände außerhalb der Grenzen und der Gesetze des physikalischen Universum.

Die Größe der Objekte ist dabei unerheblich. Die Kabarer bewegen Raumschiffe in der Größe kleiner Monde ebenso durch die String wie die kleinsten Einheiten von Stringkabinen.

Sie unterhalten sowohl riesige Stringbahnhöfe als auch kleine Stringplattformen.

Kommunikative Verbindungen interstellarer Art funktionieren auf der Basis von Telepathie, allerdings in einer technischen Umsetzung. Der Name dafür ist übersetzt: Paracom, weil paranormale Fähigkeiten zur Kommunikation genutzt werden.

Sogar die biopositronischen Denksysteme der jeweiligen Bordgehirne, auf Raumschiffen und dergleichen, sind so genial gestaltet, dass sie sich untereinander telepathisch vernetzen und dadurch gemeinsame Funktionen erfüllen können.

Aufgrund dieser Technologie kann die telepathisch begabte Elite tatsächlich überall "mithören", was in der Galaxis, beziehungsweise in ihrem Einflussbereich, geschieht.

Auch der Einsatz dieser biopositronischen Gehirne, wie könnte es anders sein, geht auf das Konto der Elite.

Schutzschirme, Fang-, Halte-, Zug- und Schubstrahlen, Zeitfelder und Deflektorschirme wurden auch von der Elite verbessert oder erst eingeführt.

Die Kontrolle von Energie, ihr nutzbringender Umgang damit, war von Anbeginn ein Faktor, der die Elite auszeichnete.

Sie griffen dabei auf einen uralten Wissensschatz zurück, den sie in ihrer ursprünglichen Kultur kannten und bereits nutzten, bevor sie den kabarischen Bund übernahmen.

Deshalb waren die technischen Errungenschaften keine Neuschöpfungen sondern lediglich erneut erstellte Einrichtungen.

Eine überragende Genialität bewiesen sie bei der Beherrschung des Verstandes, des von den Geistigen Wesenheiten geschaffenen, energetischen Konstruktes, das bei den Fleischkörpern allerlei Verrücktheiten entwickeln kann.

Eben dieses Wissen war und ist das Transportmittel zur Macht.

Die Psychoeinheiten der Kabarer, ausgebildet bis zu genau definierten Grenzen von Mitgliedern der Oberschicht, schreckt nicht davor zurück, den Verstand der Lebewesen mit Einpflanzungen zu infiltrieren.

So kennen wir zum Beispiel bereits: „Mitleid" und „Andere ins Unrecht setzen!"

Doch es gibt noch etliche mehr, die sich auf das Leben von Lebewesen unmittelbar auswirken.

Besonders die Geheimdienste nutzen solche Einpflanzungen oder Implants. Dies sowohl um ihre Leute zu Hirnakrobaten oder zu Killermaschinen werden zu lassen, als auch, um führende Persönlichkeiten in Politik, Wirtschaft und Religion in ihrem Sinne zu steuern.

Nach den Vorgaben der Elite setzen die Psychos darüber hinaus Hypnose und unterschwellige Beeinflussungen, Suggestionen, ein. Sie sind auf allen Planeten und Stationen im Einsatz.

Mit ihren Maßnahmen sollen nicht nur Schmerzen, Verluste und Ängste erträglich gemacht werden.

Hypnose wird beispielsweise dabei eingesetzt, wenn schwerwiegende Eingriffe erforderlich werden und die Person ohne Narkose operiert werden muss.

Aber sie wird auch dann genutzt, wenn sich bei einer Person abweichlerische Gedankengänge entwickeln und die Obrigkeit meint, sie anders nicht unter Kontrolle bringen zu können.

Eine weitere Spezialität der Elite, die sie an die kabarischen Technologiegenies weitergegeben haben, ist die Nanotechnik. Sie wird unter anderem zur Miniaturisierung von Robotern verwendet.

Die mit Nanotech ausgestatteten Anlagen überwachen und reparieren sich selbst. Sie sind fast wie für die Ewigkeit gebaut. Größere defekte Teile werden einfach ausgetauscht und einem Recyclingprozess zugeführt.

Um eine wirklich 1000-prozentige Normierung in allen Bevölkerungsschichten durchsetzen zu können, sind winzigste, mit Nanotechnologie ausgestattete Gerätschaften im Einsatz.

Besonderer Nutznießer der Technologie zur Miniaturisierung ist wiederum der Geheimdienst des Bundes von Kabar.

Hier nur zwei Beispiele:

Nr. 1 sind flugfähige Monitore die entweder wie Insekten agieren und durch ihren Stich allerlei unschöne Dinge bewirken können. Oder solche, die sich wie kleine Pickel, auf der Haut von zu Überwachenden festsetzen.

Damit nehmen die Überwachungsorgane alle Sinneswahrnehmungen eines Lebewesens auf und melden alles weiter.

Nr. 2 sind Nanobots die sich wie Viren im Kreislauf von Lebewesen verteilen. Sie können sich sogar entsprechend vermehren. Diese Miniroboter werden hauptsächlich geimpft.

Sie bleiben als Schläfer so lange im Körper, bis sie per Fernübertragung aktiviert werden. Dann können sie Emotionen über die Körperfunktionen beeinflussen und Aktionen auslösen, über die das Lebewesen selbst keine Kontrolle mehr hat.

Regelrechte Gefühlsstürme oder aber gedämpfte Emotionen können so von außerhalb gestaltet werden, wobei die Nanobots einerseits als Empfänger der übertragenen Befehle und andererseits als Sender oder Überträger in den Körper hinein wirken.

Auf diese Art und Weise können potenzielle Feinde im Inneren des Bundes ebenso unter Kontrolle gebracht werden, wie die Bewohner der Sternensysteme, die sich in der Umgebung der kabarischen Konföderation befinden, sich ihr aber nicht anschließen wollten oder durften. Kontrolle ist sowieso eines der zentralen Themen bei jeglicher Machtausübung.

Die Macht Kabars reicht also weit, weit über seine Grenzen hinaus, wenn man im Weltall überhaupt von Grenzen sprechen kann.

Sowohl die politischen und wirtschaftlichen Beziehungen als auch die geheimdienstlichen Machenschaften vergrößern die Einfluss-Sphäre Kabars gewaltig.

Die Bedrohung

Den unteren Bevölkerungsschichten von Kabar ist es derzeit relativ egal, ob es eine größere Bedrohung von außerhalb gibt, wie die Puppenwesen zu Beginn ihres Auftrittes im Machtbereich behaupteten.

Doch sie halten, wie bereits berichtet, mittels technischer Sensoren und telepathischer Wahrnehmungen weiterhin Augen und Ohren offen.

Völlig zurecht, wenn wir uns die Aktivitäten in der Nähe des Zentrums unserer Galaxis anschauen.

Verschiedene Spirituelle Rückführungen haben uns Druiden des TAO herausfinden lassen, was sich dort noch immer abspielt.

Es ist tatsächlich die Hölle los: Ein dunkler Geist treibt sein Unwesen. Mit ein Geist, meine ich tatsächlich die Zahl eins.

Dieses einzelne Wesen, dessen Ursprung sicherlich nahe an die Anfänge des Universum zurückgeht, hat sich eine immens große Streitmacht williger Sklaven und perfekt organisierter Roboter aufgebaut.

Diese Sklaven sind ausschließlich direkte Abkömmlinge des Geistwesens. Es sind nicht irgendwelche körperlichen Aspekte des 13ten Konstrukteurs.

Hier haben wir ein uraltes, geradezu noch urtümliches Wesen vor uns, das noch befähigt ist, aus sich selbst heraus Wesenheiten zu kreieren.

Schwarze Raumschiffe, in der Form irdischer Rochen durchstreifen den Raum.

Unterschiedlichste Größenordnungen bilden riesige Flottenverbände. Sie halten sich dort, im Mittelpunkt der Milchstraße, auf und verdunkeln das Licht der Sonnen. Sie ziehen ihre Energien aus ihrer unmittelbaren Umgebung und vom dunklen Geist.

Ihr Aktionsradius wird allerdings von dem Wesen begrenzt gehalten, da sonst sein individueller Einfluss verloren gehen würde.

Deshalb werden dort, in der Mitte der Galaxis, in der die Sterne enger beieinander stehen als in der übrigen Spirale, gerade einmal 61 Sternensysteme von der schwarzen Macht unmittelbar kontrolliert.

Mit den Puppenwesen kam der dunkle Geist deswegen in einen infernalischen Konflikt, weil diese Anspruch auf die Energien des schwarzen Lochs, inmitten der Galaxis, erhoben.

Anscheinend trafen damals die vergleichbaren Ur-Kräfte vom Anbeginn des kosmischen Spielverlaufs aufeinander.

Auf der einen Seite die Puppen, die sehr große Ähnlichkeiten mit den ehemaligen Invasoren aus dem Nachbar-Universum aufwiesen, mit den ausschließlich technisch hantierenden Freaks. Auf der anderen Seite das mehr oder minder reine Geistige.

Wobei sich das Geistige hier bereits mit technischen Werkzeugen, wie Raumschiffen und Robotern umgeben hatte.

Der dunkle Geist war auch offenbar noch ohne das Begriffsverständnis von Gut oder Böse. So hatte er auch keinerlei Skrupel, als es darum ging die eigenen Interessen zu wahren.

Deshalb überrannten die schwarzen Schiffe das Imperium der Puppen in einer alles verschlingenden Reaktion.

Die Planeten der Puppenwesen wurden blitzartig unbewohnbar gemacht, die Bewohner wurden vernichtet oder in die Flucht getrieben.

Das Ziel war einfach die Abwehr des Übergriffs. Die Schiffe des Geistwesens zogen sich aber ebenso schnell wieder zurück wie sie gekommen waren, um den Kontakt zu ihrem Zentralgeist nicht zu verlieren.

So gelangten die Wesen in Puppenkörpern, nach einer Odyssee durch die Galaxis, nach dem aufstrebenden Kabar.

Hier fanden sie nicht nur Aufnahme sondern wurden auch respektiert, wegen ihrer technischen Überlegenheit geradezu freudig integriert.

Gemeinsam mit den Kabarern entwickelten sie das ursprüngliche System, zur Schaffung der interstellaren Verbindung.

Eine Invasion größeren Ausmaßes, wie die Elite gerne propagiert, steht aber jetzt nicht wirklich an.

Denn, wie bereits erwähnt, ist der Radius für Aktionen des dunklen Geistes, zumindest derzeit noch, nicht beliebig dehnbar.

Beim Angriff auf das Puppenimperium ist ein Teil der dunklen Roboterarmee der Kontrolle durch den Zentralgeist entglitten.

Seitdem durchstreifen unabhängige Flottenteile die Galaxis als selbständige Piraten. Andere haben sich neuen Verbündeten zugewandt.

Dennoch brodelt es in den 61 Sternensystemen und dessen unmittelbarem Einflussbereich. Jener dunkle Geist hat Zeit ohne Ende.

Er formiert unablässig seine ungeheure Flotte, sucht nach Möglichkeiten zu expandieren und wird dies vermutlich auch verwirklichen können.

Mit einer reinen Robotarmee wird er eines Tages in die Galaxis vorstoßen. Dann Gnade uns Gott oder wer auch immer.

Dazu bedarf es nur noch eines kleinen Anstoßes damit er genug Vertrauen fasst, selbstständig handelnde Aspekte seines Seins loszulassen, die sich dann um Invasionsflotten in seinem Auftrage kümmern. Bislang fehlte ihm dieses Vertrauen gänzlich! Doch wie lange noch?

Aus anderen Spirituellen Rückführungen weiß ich jedoch: Genau solche Aspekte sind bereits außerhalb des inneren Kreises aktiv geworden.

Es kann natürlich auch sein, dass es eine Art „Zwilling" des dunklen Geistes gibt. Der müsste dann allerdings ebenso, mit ähnlichen Wesenheiten unterwegs sein.

Oder bei dem genannten Ausfall gegen die Puppen sind tatsächlich nicht nur Roboter sondern auch geistige Aspekte ins All hinausgelangt.

Wie dem auch sei, die Gefahr aus dem Mittelpunkt unserer Galaxis ist real und sollte nicht auf die leichte Schulter genommen werden.

Vielleicht ist das Bollwerk der Konföderation von Kabar eines Tages sogar die Rettung für die gesamte Milchstraße und damit auch für den Planeten Erde.

Übrigens: Auch bei so manchen Wesenheiten in unserem jetzigen Dasein sind wir einer Bedrohung durch so genannte „Schwarze" ausgesetzt.

Wir finden diese Wertstellung gegenüber allerlei dunklen Mächten, die uns nicht nur angeblich im Genick und sonstwo sitzen. Jene Schwarzen sind offensichtlich in unserem unmittelbaren Umfeld aktiv.

Planet Erde

Unsere Erde, der Gefängnisplanet, kreist weitab von Kabars Sternen.

Dazwischen breitet sich die so genannte Freie Zone aus.

Auch in dieser Zone gibt es Sternensysteme mit bewohnbaren Planeten, auch hier hat sich Leben entwickelt das den Raum zwischen den Sternen überlichtschnell überwinden kann. Teilweise arbeiten sie mit ähnlichen Technologien wie Kabar.

Durch die extrem konservative, den einmal erreichten Standard einhaltende Einstellung des Kabarsystems besteht aber keinerlei Gefahr einer Auseinandersetzung oder eines Konfliktes, zumindest nicht von kabarischer Seite.

Die Kabarer kennen zur Lösung nämlich ihre Radikalanwendung gegen zudringliche Aggressoren.

Ohne viel Federlesen werden solche Angreifer aus den galaktischen Analen gelöscht.

Was bedeutet, dass deren Sonnen und Planeten, alle Stationen sowie die dazu gehörige Raumflotte im Blitzkrieg radikal zerstört werden.

Bis es soweit kommt, muss aber wirklich kein anderer Weg mehr offen sein.

Die weitaus üblichere Methode besteht im: Aufteilen und dann beherrschen. Darunter versteht das von Kabar gesteuerte Geheimdienstnetz, sich die internen Konkurrenten zunutze zu machen.

Mal wird die eine Seite und mal die andere Seite gestärkt. So werden die Gegner von innen heraus im ständigen Zwist gehalten.

Aufteilen ist also gleichzusetzen mit Zerlegen in wenigstens zwei, wenn nicht noch mehr Splittergruppen, die jede für sich dann, nicht mehr auf den Gedanken kommen können Kabar gefährlich zu werden.

Die Übertragung kabarischer Denk- und Handlungsstrukturen lässt sich auf Planet Erde nicht vollständig durchsetzen.

Erstens ist es so nicht geplant. Kabar mischt sich in die Verhältnisse im Gefängnis nicht direkt ein.

Zweitens gibt es keine entsprechende Elite. Die Machthaber auf Erde haben nur ihr kleines, eigenmächtiges Handlungsfeld im Sinn.

Sie können nicht in den Dimensionen denken, die wahrhaft allen zugute kommen würden.

Drittens sind die Insassen des Gefängnisses, so gut wie durch die Bank, aufsässige, schlecht kontrollierbare Wesen, mit dem verhängnisvollen Hang zu extremer Individualität.

Würden diese entkommen können, wären viele von ihnen trotz aller Implants, Monitore und Nanobots wieder die aufmüpfigen Frei- und Querdenker, die bestenfalls in der Freien Zone Aufnahme fänden.

Der Gefängnisplanet Erde beheimatet heutzutage übrigens nicht nur kabarische Abtrünnige, wie Atalanter und solche die dem System den Rücken kehren wollten.

Sondern hier sind auch Anunnaki, die ursprünglichen Herren des Solsystems und deren Hilfstruppen.

Darunter verstehe ich Menschen, die als Erdmenschen hier entstanden sind oder von den Anunnaki zu Arbeitssklaven gezüchtet wurden.

Einige Kabar-Arbeiter sind ebenfalls hier. Deren Tod auf der Erde wird als Kollateralschaden hingenommen.

Auch Gestrandete von innerhalb und von außerhalb der Milchstraße sitzen hier fest.

Die Position des Solsystems ist nämlich ausgesprochen günstig, sowohl als Tor zum Verlassen als auch für den Zutritt in unsere Galaxis.

Das war ja auch der Grund dafür, dass wir Atalanter hierher flüchteten und letztlich umsiedelten.

Wer allerdings einmal hier gelandet ist und das Pech hatte, auf dem Planeten oder in dessen Nähe seinen Körper zu verlassen, zu versterben, der bleibt auch hier.

Das vollautomatische Fallensystem der Kabarer macht keine Unterschiede.

Auf der Erde versuchen vor allem die von haus aus kaltschnäuzigen Reptiloiden (wie Echsen, Kröten, Schlangen) dem Planeten einen kabarisch geprägten Überzug zu verpassen.

Wie bereits beschrieben arbeiten sie daran, die Elite des Planeten zu stellen.

Dieses Elitedenken durchsetzt überall auf Erden die Bildungseinrichtungen.

Es sind nämlich nicht nur Echsen und dergleichen, die bis zur Spitze vordringen wollen.

Deshalb hat auch nicht die vom Echsendenken vorgegebene Härte in der Politik und im Geschäftsleben den gewünschten Bestand auf Dauer.

Allerorten setzt sich immer wieder einmal das durch, was als „Menschlichkeit" der Gemeinschaft dienen soll.

Zumal, in diesem Falle glücklicherweise, der Implant für das Mitleid greift.

Diese Einpflanzung macht selbst den Echsenartigen schwer zu schaffen.

Willige Helfer der Echsenmenschen sind speziell die Schweine- und die Hundeartigen.

Vielleicht ist das der Grund, weshalb: "Du Hund" oder "Du Schwein", oft als Schimpfworte gebraucht werden.

Auch Vorwürfe wie: "Du falsche Schlange" oder "Du schleimige Kröte" (eindeutig reptiloide Lebensformen), sind nicht gerade als Koseworte bekannt.

Um allerdings keine Unklarheiten aufkommen zu lassen: Nicht alle, die sich zu Hunden oder Schweinen oder auch zu Reptilien hingezogen fühlen sind auch gleich welche von denen. Genau das Gegenteil kann der Fall sein.

Die Erde ist nicht Kabar. Hier sind die Dinge nicht immer was sie zu sein scheinen.

Die größten Gegner der reptiloiden Menschen sind übrigens zumeist die Katzigen in ihrem unbändigen Freiheitsdrang.

Ebenso entziehen sich die freidenkerischen vogelartigen Menschwesen, besonders in ihrem herausragenden Dasein als Philosophen, Dichter, Musiker und als sonstige Freidenker den Unterdrückungen.

Ein scharfer Dorn im Auge der Möchtegern-Elite ist der Zusammenhalt in größeren Familienverbänden, wie in Sippen und Clans, der auf Erden noch recht ausgeprägt ist.

Lieber wäre den möchtegern Machthabern eine Single-Gesellschaft entsprechend der kabarischen.

Je vereinzelter die Menschen sind oder gemacht werden, desto leichter könnte das, auch auf Erden mittlerweile bereits vorbereitete, Psycho-Netzwerk die Leute scheinheilig umhüllen.

Mit entsprechenden Drogen und der Vorspiegelung von angeblich professioneller Hilfe (das ist eine Vorspiegelung falscher Tatsachen, die mit Betrug gleichzusetzen ist) würden die Single-Menschen sehr viel leichter unter der Angst-Kontrolle (Angstglocke) gehalten werden können.

Ein weiteres Netzwerk bildet die Pharmazie. Der scheinbar seligmachende Glaube an Wunderdrogen, an die Allmacht von Pillen und Spritzen legt den eigenen Willen und die Kraft zur Selbstheilung lahm.
Etliche Ärzte und dergleichen, übernehmen vorgeblich die Verantwortung für das Überleben von Leuten. Wobei sie genau wissen, dass sie dem nicht wirklich gerecht werden können.
Nicht alle diese "Halbgötter in Weiß" folgen daher mittlerweile diesem Anspruch.

Noch eine netzartige Falle, mit besonders heimtückischer Wirkung, sind all die Geschäftemacher mit Angst und Chaos.
Dazu zählen unter anderem Versicherungsgesellschaften, die das Geschäft mit der Angst zu ihrem Prinzip machen.
Menschen wird jegliche Eigenverantwortung abgenommen. Leute übereignen Eigentum sowie Leib und Leben solchen Ver(un)sicherungen für einen ach so "kleinen Beitrag".
Diese angstschürenden Geldräuber spielen weiteren Chaoshändlern in die Hände.
An vorderster Front agieren verschiedene Medien (wiederum nicht alle).

Dazu rechnen seit neuestem auch die Netzwerke im Internet.

Etliche Kirchen mit ihren Religionsfiktionen dürfen wir übrigens auch nicht aus der Verantwortung entlassen. Auch deren Geschäftskonzept, beruhend auf Angstmache und auf Chaosphantasien, unterdrückt ihre zahlenden Mitglieder.

Wer all diesem noch ausweichen kann, fällt dennoch, fast unweigerlich, der Advokatenriege in die geldgierigen Hände.

Mit immer komplizierter gemachten Spielregeln: Gesetze, Verordnungen und Anordnungen genannt, wirren diese Leute die Bevölkerung auf Erden ein.

Der gewissenlose Spruch: "Unwissenheit schützt vor Strafe nicht.", dient den Advokaten als Rechtfertigung für ihre mit Fallstricken versehenen Regelwerke.

Alle Lebensbereiche sind so penetrant von Kontroll-Mechanismen und technischen -Gerätschaften durchsetzt, dass jedermann mit Gesetzen in Berührung kommen muss.

Viele dieser verrückt machenden Regelungen vermögen Menschen wiederum ohne Skrupel in weitere, vorher ausgebreitete, klebrige Netze zu treiben.

Das System der Spinnennetze, bestehend aus Schuld und Schulden, vervollständigen Banken und Kreditinstitute.

Nicht umsonst benennt man die aufgenommenen Gelder als Schuldverpflichtungen oder als Schulden.

In diesen Worten finden wir eindeutig den Implant Nr. 1 wieder, der da heißt: "Andere ins Unrecht setzen!"

Schuldzuweisungen zu vergeben, die Menschen der Justiz zu überantworten, ist auf unserem Planeten, insbesondere in den "höheren" Zivilisationsformen, geradezu ein Volkssport geworden.

Wobei nicht außer Acht gelassen werden darf, dass dies gewünscht ist.

Dieses Verhalten wird ganz klar beabsichtigt und gefördert.

Die machtbesessenen Pseudoeliten sowie deren Hilfstruppen, auf dem Gefängnisplaneten Erde, sind eindeutig selbstverständlich für alle hier herrschenden Verrücktheiten ursächlich verantwortlich.

Atalantisch

Ich näherte mich mit meinen Erzählungen immer mehr der Gegenwart.

Die nächste Etappe bezieht sich jedoch auf die Flucht des Volkes der Atalanter aus dem Einflussbereich von Kabar.

Unsere Reise begann sehr vielversprechend, zumal uns die Kabarer ohne Widerspruch ziehen ließen.

Offenbar waren wir ihnen einfach nicht loyal genug aber auch nicht wichtig genug und vor allem mit zu vielen Widersprüchen zu ihrem streng strukturierten System behaftet.

Unsere freidenkerische Betrachtungsweise des Universum, als nahezu unendliches Spielfeld, war insbesondere den Eliten suspekt.

Allein schon damit liefen wir alle den Interessen dieser Personen gegen den Strich und aus dem Gleichklang der willfährigen Ruderer.

Wir hinterfragten Zusammenhänge, was bereits als unangenehm empfunden wurde.

Darüber hinaus unterstützten speziell die Druiden des TAO in keinster Weise das ach so stabile, in sich unzweifelhafte Schichtsystem von Kabar.

Wir Druiden kannten und kennen keine Über-, Unterordnung.

Für uns gibt es nur Wesen mit unterschiedlichen Fähigkeiten, die jeder aus freien Stücken in die Gemeinschaft einbringt.

Keine dieser Befähigungen ist höher- oder minderwertiger als eine der anderen.

In diesem Sinne führen wir unseren FREIEN ORDEN FREIER WESEN für jeden selbstbestimmt und eigenverantwortlich.

Auch die Gesellschaft der Atalanter schließt sich unseren Vorstellungen und unserer Denkweise weitgehend an.

Hier gibt es allerdings auch andere Betrachtungsweisen, die wiederum von jedermann toleriert und in vollem Umfange akzeptiert werden.

Erst die Toleranz schafft wiederum das Verständnis bis hin zum Verstehen füreinander.

Dadurch schließen wir niemanden aus unserer Gemeinschaft aus. Gleichzeitig wird das dogmatische Denken der Kabarer niemals vollständig zu dem unseren.

Als nun ein großer Teil des Volkes der Atalanter, nach einem Volksentscheid, sein „Bündel schnürte", wurde dies vor allem von der Elite sowie von der Oberschicht der Kabarer mit einer gewissen Genugtuung beobachtet.

Es hätte nur noch gefehlt, wenn sie uns zum Wegzug ermuntert und uns beglückwünscht hätten.

Immerhin stellte uns die Elite eine große Zahl an Raumschiffen zur Verfügung.

Die so gebildete Flotte mit 496 unterschiedlich großen Schiffen wurde dann tatsächlich eine zeitlang von einigen kabarischen Schlachtschiffen eskortiert.

Vermutlich wollten sie einfach sicher gehen, dass man den aufmüpfigen Teil unseres Volkes jetzt wirklich endlich losgeworden ist.

Atalantisches Gedankengut war einfach für das angeblich oder tatsächlich perfekte System der Kabarer nicht akzeptabel.

Wir durchquerten mit unseren Schiffen das Gebiet der Freien Zone. Auch hier erhielten wir Geleit.

Allerdings wohl eher von Piratenschiffen, die sich schnelle Beute erhofften.

Zum Glück waren wir auch darauf vorbereitet. Unser Konvoi hielt sich eng beieinander. Die kleineren Einheiten hatten wir in die Mitte genommen und an den Rändern patroullierten schwer bewaffnete Handelskreuzer mit schnellen Jägern im „Gepäck".

Wir nahmen Kurs auf ein kleines, unscheinbar wirkendes Sonnensystem am Rande der Galaxis. Von dort aus wollten wir die Milchstraße verlassen, um uns anderswo eine freiere, hoffentlich bessere Zukunft aufzubauen.

Der Spielverlauf innerhalb der Galaxis, die wir hinter uns lassen wollten, war einfach nicht mehr lebenswert für Wesen mit kreativen Ambitionen.

Sogar in der Freien Zone ereilte die dort ansässigen Wesenheiten der kontrollierende Wille der allgegenwärtigen Kabarer. Was wie Freiheit aussah, war also nichts anderes als manipuliertes Freigängertum, an der langen Leine der Konföderation von Kabar.

Insbesondere die Druiden des TAO konnten nicht nur hinter die Kulissen blicken, sie konnten auch bewusst erspüren, was im Umfeld der Kabarer ablief.

Ihr Kontakt zur Geistigen Welt machte sie hypersensibel für die himmelschreiende Ungerechtigkeit, die dem Freiheitsdrang der verspielten Geistwesen schon seit langem angetan wurde.

Darüber hinaus konnten einige der Druiden sich in die telepathischen Verbindungen einhaken.

Dadurch blieben ihnen nicht verborgen, was die Eliten planten und mit welch hintergründigen Machenschaften sie ihren Machtbereich steuerten.

Das System Kabar und seine Struktur waren mit der engstirnigen Ernsthaftigkeit Spielverderber allerersten Ranges. Die Leichtigkeit des Sein, ein wichtiger Eckpfeiler des atalantischen Druidentums ging in diesem Umfeld mehr und mehr verloren.

An dieser Stelle glaube ich, nochmals ausführlich erklären zu müssen, was Atalanter, speziell die Druiden des TAO, unter dem „Großen Spiel" im Universum verstehen.

Ich meine nämlich, dass etliche Leute eine völlig falsche Vorstellung davon haben, vor allem, weil sie an falschen Informationen aus ihren eigenen Vergangenheiten festhängen.

Mit Hilfe der Spirituellen Rückführungen könnten wir Klarheit in ihren Denk-Sphären schaffen.

Deshalb plädiere ich immer und immer wieder dafür, dass möglichst allen Wesenheiten diese Maßnahme zugänglich gemacht wird.

Spirituelle Rückführungen bereiten den Weg, um den Eliten die Stirn zu bieten.

Die Vielfalt des „Große Spiels" wird wahrnehmbar. Es wird sodann für jedermann wieder leichter und lockerer, einfach spielbarer.

Nur im Sinne dieser Leichtigkeit des Sein ist das „Große Spiel" für uns Spielgeister angenehmbar.

Spielgeister im „Großen Spiel"

Wir, als die Kinder der Wiedergeburt, haben unseren Ursprung im Göttlichen TAO. Erst der Spielverlauf hat uns über die lange Distanz zu dem gemacht, als das wir uns heute darstellen.

Die Verbindung zum Lebendigen, das nur ein anderer Aspekt des Geistigen ist, widerfuhr uns erst auf jener Spiel-Ebene 5, die Leben in verschiedenen Formen hervorbrachte.

Hier ereilte uns spielerisch das Schicksal mit dem „Rad des Lebens", dem wir uns selbstverständlich selbstbestimmt zuordneten.

Wir verflochten uns immer mehr zum Leben hin. Dabei nahmen wir mehr oder minder bewusst, zumindest vorübergehend, einige unserer Fähigkeiten zurück.

Dies unter anderem deshalb, um dem Spiel mehr Schärfe beziehungsweise Würze zu verleihen und somit noch mehr Spielfreude zu gewinnen.

Seitdem gibt es die Verbindung von Körper-Geist-Seele als funktionsfähige Einheit.

Im nun Folgenden versuche ich möglichst verständlich zu erläutern, wie das erst geistig-kosmisch gestaltete „Große Spiel" entstand und was unsere Rolle darin gewesen ist und noch immer ist:

Als klare und reine, von Liebe, Licht und Energetik, vom Göttlichen TAO, hierher getragene Spielgeister sind wir in einem erst einmal geistig geprägten Kosmos angetreten.

Wir, zumindest die TAO-Geister der „ersten Stunde", die Konstrukteure, wurden vom Göttlichen TAO ausersehen erst ein neues kosmisches und daraufhin ein universales Spielgeschehen zu erschaffen.

Wir haben uns, per Versuch und Irrtum und neuerlichem Versuch, die Spielbasis selbst gestaltet: Das bipolare, dreidimensionale, physikalische Universum.

Dies sei nicht zu verwechseln mit dem Kosmos, der besonders das Geistige beinhaltet.

Auch die zugehörigen Gesetzmäßigkeiten, als die unabdingbaren Voraussetzungen für ein spielbares Spiel, haben wir auf die gleiche Art und Weise geschaffen.

Zu jeder Zeit und an jedem Ort muss uns bewusst sein:

**Wer seinen ursprünglichen Spiel-
geist verliert hat verloren,
noch bevor sein Spiel richtig
begonnen hat.**

Jegliche Spielmöglichkeiten der unterschiedlichsten Arten und Weisen wurden von uns selbst erschaffen, um die Vielfalt des universalen Spielfeldes sowie der kosmischen Spielvorstellungen voll auskosten zu können.

Theoretisch wären wir immer noch fähig, alle Varianten des ursprünglich auch noch geistigen Erlebens zu spielen.

Praktisch jedoch haben wir selbst uns etliche der vielen Möglichkeiten verbaut. Mit der eindeutigen Absicht, das Spiel immer noch ein bisschen interessanter zu gestalten.

Jedoch besonders hier, auf dem Planeten Erde, begeben wir uns bis in die so ziemlich tiefsten Niederungen, des von Lebenseinheiten Erlebbaren.

Wir binden uns hier hauptsächlich, ebenfalls absichtsvoll in das Lebensgefühl von Menschen ein, seltener in das von Tieren oder Pflanzen oder von Mineralien.

„Erleben und Erlebtes leben", so hieß unsere ursprüngliche Devise, wobei uns allzu häufig die Notwendigkeiten des Überlebens einholten.

Wir landeten dadurch sogar in einem wenig befriedigenden Zustand von fremdgesteuerter, externer Führung.

Dies ist ein Zustand der auf uns TAO extrem unangenehmen einwirkt, nämlich: „Durch andere gelebt werden."

Hier und heute verlieren wir uns zudem zunehmend im organisierten Nichts der weit verbreiteten Schreibtisch-Schwindler und im destruktiven Tun der Wertezerstörer.

Objektiv oder subjektiv zu erkennen, wer oder was die Schreibtisch-Schwindler sind, sei Euch selbst überlassen.

Die destruktiven Wertezerstörer lassen sich sicher noch leichter feststellen.

Wobei auch alle diese anscheinend fremden Einflüsse letztlich nichts anderes sind, als gegenläufige Aspekte unserer eigenen, ursprünglich ursächlichen Betrachtungen.

Als durch und durch positiv wirkendes, strategisches Zwischenziel sollten wir uns hier hinstellen, es ganz einfach anerkennen:

Je hochwertiger ein Spiel ist, desto höher schwingt sich TAO, die Seele, hinauf.

Die Spiele der unteren Spiel-Ebenen ziehen Leute in niedere Emotionen hinein.

Das Entkommen davon, wird den (uns) dort (oder hier) bereits angekommenen Wesenheiten zusätzlich erschwert. Die dort festsitzenden Lebewesen halten jeden Neuankömmling fest und zerren ihn weiter in den Sumpf der niederen Emotionalität.

Auch dieser fortwährend abwärts gerichtete Strudel des Absturzes ist ein selbst konstruierter Vorgang; allerdings mit, aus heutiger Sicht, geradezu „perversem" Spielcharakter.

Es liegt ausschließlich an uns selbst, ob wir das jeweilige Spiel unseres eigenen Lebens mit einer möglichst hohen oder mit einer niederen Schwingungsqualität ausstatten.

Hohe Schwingung erhalten wir, wenn uns das Spielgeschehen nicht tiefer als bis zur relativ hohen Emotion Langeweile abstürzen lässt. Höher wären noch Konservatismus und noch weiter oben gelangen wir zu Begeisterung.

Mit einer gehörigen Portion Humor, und sei es schwarzer Humor, halten wir zumindest den Kopf über jeglichem Sumpf oder dergleichen.

Wir sollten uns dabei immer bewusst bleiben, dass wir, sowohl durch unsere Taten als auch durch unsere Unterlassungen, selbst die Regie in unserem Leben führen.

Oh ja, selbstverständlich wirkt sich ebenso das, was wir <u>nicht</u> selbst tun auf den gesamten Spielverlauf mit aus und ... wir setzen auch dafür eigenverantwortlich die Ursachepunkte.

Denn auch das Wegschauen und etwas zulassen, was nicht unmittelbar von uns selbst ausgeht, wirkt sich auf das gesamte Spielgeschehen aus.

Je bewusster wir uns sind oder wieder einmal werden, umso leichter fällt es uns schließlich das Spielgeschehen als solches zu akzeptieren, letztendlich wieder zu steuern.

Wir sind nämlich tatsächlich, sogar in unserem jetzigen, kaum bewussten Zustand, die allem übergeordneten Spielführer, die Regisseure für die ständig ablaufenden Dramen sowie für die Lustspiele oder die kleinen, täglichen Geschehnisse.

Als Regisseure können wir nicht nur lenken, wir sind sogar berechtigt und in der Lage, das Drehbuch völlig neu zu gestalten.

Unser Einfluss erstreckt sich dabei tatsächlich auf jegliche Kleinigkeit, bis hin zu dem Stolperstein auf der Straße.

Allerdings macht es nun wirklich keinen Sinn, sich um jedes und alles kümmern zu wollen. Gute Spiele leben schließlich auch ganz besonders von den offenen Räumen die man ihnen lässt.

Du selbst, sowohl als Mitspieler als auch als Gegner, fühlst Dich wohler, wenn Möglichkeiten für eigene Variationen eingeräumt bleiben.

Allzu eng gewordene Spielvarianten erzeugen sogar Angst, besonders, wenn sie unserer Kontrolle entgleiten. Das Gefühl der Angst hat nämlich direkt mit Enge zu tun. Unser Brust- und Herzraum fühlt sich dabei eingezwängt an.

Deshalb fühlen sich etliche, besonders freiheitsliebende Menschen in diktatorisch geführten Staaten eingeengt.

Deshalb flüchten sie aus der Enge, sogar unter Einsatz ihres Lebens.

Wir dürfen auch hier, wie überall, niemals außer Acht lassen: Ob als Mitspieler oder als Gegner, alle sind Aspekte eigenständiger Geistiger Wesen, sowohl von sich Selbst, als auch von anderen Spielgeistern.

Sie sind mit dem ureigenen Bedürfnis angetreten, ein Spiel haben zu wollen.

Der Sinn eines Spieles besteht insbesondere darin, dass Ziele erreicht und/oder sinnvolle Produkte geschaffen werden. Und ganz wichtig für sinnvolle, hochwertige Spielvarianten:

Jeder Ablauf eines Spieles muss Freude bereiten.

Die Fahne für den Faktor Freude oder auch für billigeren Spaß, sollten wir zu jeder Zeit, an jedem Ort, hoch halten, damit sie sich auf irgendeine Art und Weise und in möglichst vielen Bereichen des Lebens auswirken dürfen.

Dabei stehen unwägbare oder einengende Regelwerke dem Vergnügen am Spiel direkt entgegen. Wobei zu freizügige, völlig grenzenlose Spielregeln, die Spiele auf Dauer langweilig machen.

Was aber wiederum weitere, etwas anders gerichtete, nun wieder anregendere Spielfaktoren auf den Plan rufen kann.

Extrem strenge, verfestigende, also überzogen ernsthafte Regelungen wirken geradezu tödlich. Dies gilt sowohl für das Spielgeschehen als auch manchmal tatsächlich für einige Teilnehmer am Spiel.

Ernsthaftigkeit ist dabei ein Spielverderber, als der Gegensatz zur Leichtigkeit.

Wer trotz verrückt machender Vorschriften, normativen Moralbegriffen, sowie zu engen, damit mehr und mehr kriminalisierenden Gesetzen und Verordnungen, zumindest vorübergehend etwas Vergnügen am Spielgeschehen haben möchte, der sollte sich kurzzeitig und aus freien Stücken an den Rand des Spielfeldes begeben oder sich auf eine Art Tribüne stellen.

Von hier aus kann er jetzt dem irren Treiben der Anderen mit entsprechender Toleranz (Abstand) zusehen.

Aber Achtung: Dort draußen können auch solche schlimmen Leutchen stehen, auch Outsider genannt, denen man es aus bestimmten Gründen irgendwie verwehrt hat, am Spielgeschehen teilzunehmen.

Denen brauchen wir und keineswegs zuordnen.

Das schon viel früher im Universum, aber auf der Erde besonders zur Zeit der alten Römer betriebene Prinzip von „Brot und Spiele", speziell zur Ruhigstellung der Bevölkerung, hat Wesenheiten sowie Menschen in großer Zahl zu einfachen Zuschauern degradiert.

Wie schon erzählt, gab es solche Maßnahmen auch schon sehr viel früher, noch vor den Römern und nicht unbedingt auf unserem Planeten.

Hier und heute (besonders in deutschen Landen) heißt das so ziemlich perfekt ausgeklügelte, staatlich eingeführte System zur Aufrechterhaltung von sozialer Ruhe: „Arbeitslosengeld sowie Hartz und die soziale Grundsicherung gepaart mit Sportsendungen (Fußball, Tennis, Golf, Autorennen oder ...)".

Wer einmal in das Fangnetz der „sozialen Sicherung" gerät, hat es allerdings verdammt schwer sich wieder daraus zu befreien. Bürokratische Hürden verhindern das Entkommen.

In den USA gibt es ein System dieser Art und Weise nicht.

Dort fehlt weitgehend das „Brot", die sozial dämpfende, finanzielle Absicherung.

Deshalb sind dort die Gefängnisse voll von kriminalisierten Leuten. Die haben nämlich versucht, auf andere Art und Weise ihren Lebensunterhalt zu sichern.

Übrigens, als „Outsider" spielen die Leute dort draußen (im Stadion oder vor den Bildschirmen) ihr eigenes, kleines Spiel. Sie betätigen sich als mehr oder minder kritische Beobachter.

Bestenfalls wirken sie, als die Spieler anfeuernde Fans. In ihrer Vielzahl stellen sie schon wieder eine Art „Insider" dar.

Diese Variante im Spielgeschehen soll ohne Zweifel als ausgesprochen wichtig (gewichtig oder schwer bis schwierig) angesehen werden.

Denn diese aufgebauschte Wichtigkeit wird von gewissen, steuernden Machthabern genau so gewünscht.

Wie erwähnt sollten wir uns, als einfach nur Ruhesuchende, von solchen Pseudoaktivitäten fern halten, uns nicht einfangen lassen.

Wir sollten, zumindest nach Möglichkeit, den dort „draußen" herrschenden Spielvorgaben nicht erliegen.

Deren Regelwerk beruht auf Abgrenzung bis hin zur gewalttätigen Intoleranz.

Solche Regeln machen uns nämlich dämlich und krank sowie ebenso starr und unbeweglich wie die bereits eingefangenen Zuschauer-Persönlichkeiten.

Unsere breit gefächerten Spielmöglichkeiten können wir auf acht Spielebenen oder Spielstufen darstellen:

8) Göttlich

7) Geistige Wesen

6) Physikalisches Universum

5) Lebewesen

4) Menschheit

3) Gruppen

2) Familienbande

1) Ego (mit den noch tiefer absteigenden Stufen Egoismus und Egozentrik).

Paradox erscheint: Je vielfältiger die Möglichkeiten im Spiel auf den immer höheren Ebenen sind, auf denen wir spielen, je schwieriger sie anderen erscheinen, umso großartiger werden unsere Befähigungen im „Großen Spiel", umso leichter sind die Spielbedingungen niederer Art und Weise zu bewältigen. Wir übernehmen im Spielgeschehen zwar immer mehr Verantwortung für immer komplexere Aufgaben, agieren damit aber zugleich auch als immer fähigere, ganzheitlichere Wesenheiten. Wir nähern uns, im Erkennen als Geistigem TAO, immer mehr unserem eigentlichen Göttlichen Selbst.

Das „Große Spiel", des Kosmos, des Universum sowie des Lebens, stützt sich seit Anbeginn auf TAO-Wesenheiten, die bereit und in der Lage sind, über alle Spielebenen hinweg Bewusstsein für ihre Verantwortung zu entwickkeln.

Die wahre Größe von Geistigen Wesen beweist sich im ethischen Spielverhalten und an der Spielfreude auf möglichst allen acht Ebenen.

Unsere wahre geistige Größe bemisst sich demzufolge:

An der zunehmend immer ausgeprägteren Befähigung zur Bewältigung von Spielsituationen, und zwar auf möglichst vielen Ebenen gleichzeitig.

Sowie

An der Akzeptanz für all diese Spielebenen unter dem alles überspannenden „Gewölbe" von TAO, dem ursprünglichen Göttlichen Selbst, unser alle Ursprung.

**„Wirklich große Menschen
haben ein eigenartiges Gefühl,
dass die Größe nicht in ihnen ist,
sondern durch sie geschieht."**

John Ruskin (1819-1900)
engl. Schriftsteller

**„Wollte der Mensch immer nur
ernst und fleißig sein und nicht
auch dem Spiel sein Recht geben,
so würde er ohne es zu merken
entweder von Sinnen kommen oder
ganz schlaff und müde werden!"**

König Aramis (570 - 526 v.Chr.)

**„Durch zu großen Ernst
verscherzt man sich
das ganze Leben!"**

Autor unbekannt

Schlusswort

Eine Vielzahl von Rat- und Hilfesuchenden hat mir gestattet, mit ihnen gemeinsam deren Verstand und die darin enthaltenen Wissensbestandteile ans Licht zu bringen.

Mit Hilfe von bewusst machender, sanft geführter Spiritueller Rückführung gelangten wir zu hilfreichen Erkenntnissen für die Gegenwart, mit zukunftsweisender Tragweite.

Den daran beteiligten Geistigen Wesen, den Personen selbst, den TAO-Seelen, bin ich überaus dankbar für das dargebotene Wissen.

Jeder kann diese Daten selbst nachprüfen, insbesondere dann, wenn er selbst per Spiritueller Rückführung in den eigenen Verstand hineinschaut.

Lasst uns in Zukunft gemeinsam daran arbeiten, dass Menschwesen ihr Selbst wiederfinden, sich wieder als TAO, die ureigene Seele wahrnehmen und verstehen lernen.

Dadurch sprechen wir dann im Miteinander das Schlusswort für den uns umgebenden Gefängnisplaneten. Die Erde ist nämlich viel zu schön und viel zu wertvoll, als dass wir sie einen Hort der Vernichtung bleiben lassen sollten. Dieser Planet kann wieder uns gehören, wenn wir nur genug geistige Größe gewinnen, um die Fesseln zu sprengen.

Ich bin glücklicherweise nicht allein bei dieser Aufgabe. Wir sind auf dem besten Wege unser gestecktes Ziel zu erreichen! Dazu konnten wir mittlerweile sogar Wesen gewinnen, die eigentlich den Leitungsgremien zugerechnet wurden. Lasst uns deshalb alle irdisch geprägten Feindbilder stürzen.

Unser aller Aufgabenstellung ist viel zu wichtig, als dass auch wir die grausigen Schlachtfelder des Planeten noch mehren sollten!

Denn: **„Wahre Freude am Strafen
hat nur der Teufel."**

Jean Paul

Hier schließlich noch diese wichtigen Worte von Gautama Siddhartha, dem Buddha:

„Für Dich ist nur wahr, was Du selbst als wahr erkannt hast."

Über den Autor:

Günter Karl Skwara, *19.07.1952

Während seiner vielfältigen beruflichen Tätigkeiten erlangte er Einblicke hinter die Kulissen von Betriebs- und Volkswirtschaft. Ihm offenbarten sich zudem die sozialen Zusammenhänge, mit all ihren Ungerechtigkeiten und Abgründen.

Bei seinem Aufenthalt in Frankreich (1991 bis 1992) eignete er sich verschiedenes Wissen und Fähigkeiten an. Diese konnte er dann auch in Deutschland nutzen. Er wurde Heiler von Morhange genannt und anerkannt als "Meister des Wandels" (master of change).

Seine Absicht besteht seitdem darin, Menschen aus dramatisch verfestigten Problemstellungen heraus zu helfen (physischer, psychischer sowie sozialer Art). Als guter Zuhörer entlastet er, mittels Spiritueller Rückführungen, die schwierigen Situationen seiner Rat- und Hilfesuchenden.

Mit leichter Hand führt er sie zu eigenständig gefundenen Lösungswegen.

Er ist Begleiter auf dem Pfad zu Wohlbefinden, Zufriedenheit und GlücklichSein.

Günter Skwara

**Spiritueller
Rückführer**

Meditationsbegleiter

**Berater für Mentale
Kommunikation**

> Spirituelle Rückführung
> Finden von Ursachen, Aufarbeiten und Bereinigen alter
Ereignisse, Rehabilitation und Mobilisierung von
Kreativität, (Los)Lösen belastender karmischer
Verstrickungen und mehr. Transformation vom
Menschsein zu TAO, dem Geistigen Wesen.

> Mentale Kommunikation
> Die Magie effektiver, mentaler Kommunikation ist der
Königsweg, zur Lösung aller, von Menschen inszenierter,
Probleme. Bestandteile des Magischen Quadrates für
Verstehen dienen als Leitgedanken.

> Ganzheitlicher Energiefeldausgleich
> Aus dem Gleichgewicht geratene Lebensenergie wird
wieder stabilisiert und harmonisiert > für mehr
Ausgeglichenheit, Stabilität und Balance im Dasein.

> Spiegelmeditation
> Selbsthilfeprogramm: Erschließt Euch den Weg zum Selbst
(zu Selbsterkenntnis, Selbstbestimmung, Selbstständigkeit).
Taucht ein und rehabilitiert uralte Fähigkeiten!

Kontakt zum Abenteuer:

rueckfuehrer@googlemail.com

**www.rueckfuehrer.de
www.studio-chi.de**